U0375054

Little Red Riding Hood Uncloaked

Sex, Morality, and the Evolution of a Fairy Tale

百变小红帽

一则童话中的性、
道德及演变

[美] 凯瑟琳·奥兰丝汀 著
杨淑智 译

生活·讀書·新知 三联书店

图书在版编目（CIP）数据

百变小红帽：一则童话中的性、道德及演变 /（美）凯瑟琳·奥兰丝汀（Catherine Orenstein）著；杨淑智译. -- 北京：生活·读书·新知三联书店，2025. 1.
（新知文库精选）. -- ISBN 978-7-108-07940-4

Ⅰ. I106.8

中国国家版本馆 CIP 数据核字第 2024L0R762 号

责任编辑 刘蓉林
装帧设计 康 健
责任校对 陈 明
责任印制 李思佳
出版发行 生活·讀書·新知 三联书店
（北京市东城区美术馆东街 22 号 100010）
网 址 www.sdxjpc.com
图 字 01-2022-6105
经 销 新华书店
印 刷 北京新华印刷有限公司
版 次 2025 年 1 月北京第 1 版
2025 年 1 月北京第 1 次印刷
开 本 889 毫米 × 1194 毫米 1/32 印张 7
字 数 169 千字 图 37 幅
印 数 0,001－5,000 册
定 价 59.00 元
（印装查询：01064002715；邮购查询：01084010542）

小红帽是我的初恋。我总觉得要是娶了小红帽，我就会知道什么叫作天赐良缘。

——查尔斯·狄更斯

目录

Contents

序　言

隐藏真面目的女主角

女星艾丝黛拉·沃伦（Estella Warren）
于1998年香奈儿五号香水电视广告中扮演小红帽

一个女孩、一只狼在森林里相遇。谁不知道小红帽的故事？长久以来，她一直是儿童床边故事的明星，也是童年天真无邪的象征。她就像邻家女孩，一个曾经历险的小闺女。1922年，小红帽首次登上迪斯尼卡通片的舞台，比米老鼠早了六年。她是英国小说家狄更斯的初恋情人。狄更斯曾表示："我总觉得要是娶了小红帽，我就会知道什么叫作天赐良缘。"全球各地莫不流传小红帽的故事。美国邦诺（Barnes and Noble）书店卖过一百多种版本的《小红帽》，包括美式手语图解的版本。这是许多成年人听过的童话故事，也是许多成人念给孩子听的第一个或头几个童话故事之一。但是，大部分人都不知道这个故事并非如他们所想象的那样。

数百年前，《小红帽》曾经是成人之间流传的色情故事，与我们今天所听到的内容大异其趣。几百年来，小红帽的剧情不断被改变、伪装。新版本依然源自旧版本，只是埋没了它原始的意涵。直到最近几年，它才变成童话故事。今天，小红帽的故事中依旧充斥许多源自旧版本的象征意义和特色，但是大部分的人都忽略了。家长和儿童都以单纯的眼光看待这个故事。我们就这样一代传一代，不知道它的源流和影响力。

童话是学习基本道德的入门书

过去这几年，学者不断在这个小女孩身上附加数不清的意义。有些学者称她的故事是特定季节的神话，寓言夜晚吞食了太阳，或是"邪不胜正"的拟人化故事。有人认为，她那一篮酒和蛋糕代表圣诞节的圣餐礼；红色的连帽披肩代表女人的经血。有些人则用精神分析学家弗洛伊德的观点来解释，认为这故事描写的是本我打败自我；另有人则认为它是男女关系的象征。不可避免地，这故事已变成一种工具，用来灌输给人们合乎时代架构的性道德观。说故事的人意识上和潜意识里都密谋操纵，借此故事暗指妇女勾引男人、男人强奸处女，或年轻女郎迈入少妇的过程。从结构学的观点来看，这个阴谋极其浅显，相反之物两两对立——善良与邪恶、野兽与人类、男人与女人。女主角克服这个冲突的手腕如何，将决定她的命运。因此随着时光移转，小红帽的故事已俨然成为学习基本道德的入门书。

但是，这个故事教导什么道德观念呢？那可多了，其中有许多并不是我们常记得住的。女主角遇到野狼（或狼人，端视你阅读时是用什么眼光来看），这只狼又躲到小红帽外婆的床上。故事最早的版本是小红帽脱光衣服，钻进棉被和野狼一起睡觉，然后遇害。而结局的韵文警告年轻的女子要当心，因为郎心可能是狼心，"狼"这个名词后来逐渐广被运用，至今依旧普遍用来意指色狼。这个故事后来的版本改为有一位善心的猎人或樵夫前来搭救小红帽，这样的剧情灌输一个修正版的道德观，就是好男人（包括好父亲或好丈夫）可以拯救妇女免受愚蠢之灾。男人的刀或剪刀会剖开野兽的肚腹救出女人，仿佛拯救女人走出梦魇，重获机会步入正轨。现代版的《小红帽》附和最古老的民间传说版，描述小红帽最后是自行脱险的，这情节不啻是教导女人可以拯救自己。她随身携带剪刀，或用巧计欺哄野狼，甚至以打斗征服它。1996年出品的美国电影《高速公路》（*Freeway*），剧情就是以小红帽的故事情节为底本，叙述一名穿着红色皮夹克的女孩，单枪匹马将趾高气扬的男人（狼）打倒在地，然后杀了他。此外，还有一些现代的版本叙述小红帽杀了猎人、樵夫，或樵夫杀了小红帽（说故事的人显然不受好色野狼的困扰，却对施恩的拯救者和必须好好照顾的女主角大伤脑筋）。

“小红帽”的角色与时俱进

就这个故事的几个主要角色来看，他们的角色和寓意一直随着时代而变迁，甚至演变到与最早版本完全相反的地步。传统上，狼象征邪恶，1916年纽约一家发行《小红帽》的出版公司就说：“这便是社会为什么需要监狱和警察的原因。”在法国皇权时代传说这故事的乡下百姓，称野狼是“恶魔”或“狼人”。英国插画家瓦特·克伦（Walter Crane）画的野狼披着羊皮，隐喻《圣经》中的撒旦。然而令人惊讶的剧情却常是小红帽陷入道德迷途。在法国凡尔赛宫内传讲的《小红帽》故事，说不贞的女子不如死了算了。英国维多利亚女王时代的版本，则说母亲禁止小红帽走进森林狭小的岔路，后来小红帽泪眼婆娑，深感后悔地表示再也不违背母亲的教训。有些人甚至责怪《小红帽》的故事使得美国本土的人都怕狼，以致野狼被猎杀到濒临灭绝的地步。于是网络版的《小红帽》出现这样的情节——樵夫向小红帽大吼：“住手，不要伤害这个已濒临灭绝的动物！”

故事中的这个女主角脸庞红润，带着甜美的酒窝，显露十足天真无邪的模样。她的故事就是传统父母教养子女时常用的格言："不要和陌生人说话。"但在大众文化中，甜美的小红帽已经长大成人，变成歌颂情欲的诗样人物。世界大战期间，有名的漫画家埃弗里（Tex Avery）笔下的女主角就在灯红酒绿的夜总会跳脱衣舞，让野狼看得欲火攻心、血脉贲张。在广告和公关公司云集的纽约市麦迪逊大道，小红帽则是一个具有妖艳魅力的荡妇，常挂着家喻户晓的蒙娜丽莎式的微笑。那些"陌生人"又如何呢？蜜丝佛陀化妆品公司1953年在《时尚》杂志刊登拉页广告，说象征成熟、青春的"小红帽口红"将"吸引野狼现身"。

有时，这个女主角非常无助但矜持地渴望男人的协助。但是今天，她同时也是女同性恋者中居支配地位的性感艳星的代名词，她挥鞭驱除几个世纪以来女人渴望诱奸者或拯救者的需求。有时，野狼只是个男人，就如大约1966年美国得克萨斯州"法老"合唱团（Sam the Sham and the Pharaohs）唱的一首歌："嘿，小红帽，你确实长得美！你是大恶狼想要的再好不过的东西！喔……呜……呜！"或者，有时这只狼只是一个假扮女人的男人，正如卡通片里那个穿上外婆衣服的恶棍。

小红帽受欢迎的程度历久不衰，部分原因是她很能适应各个时代的需求。每年她总会在印刷媒体、电视、唱片、广告、儿童游戏和成人笑话中现身。李安1997年执导的电影《冰风暴》（*The Ice Storm*）中，年轻的温迪·胡德（克里斯蒂娜·里奇〔Christina Ricci〕饰）披着红披肩在森林里闲逛，最后突袭邻居藏酒和摆放内衣的橱柜，并偷偷跑到隔壁去爱抚邻家小男孩。三年后，在电影《大妈的家》（*Big Momma's House*）一片中，美国联邦调查局干员（马丁·劳伦斯〔Martin Lawrence〕饰）穿着祖母的睡衣，爬到祖母的床上和小女孩私通。百事可乐2001年的电视广告中，描绘性感女星凯特拉尔（Kim Cattrall）身穿红衣和红色披肩，四处找寻完美的男人和不含酒精的完美饮料。

为什么大家都对小红帽感兴趣？

尽管小红帽无所不在，但是很奇怪又可笑的是，今天大部分人记得的故事却背离了这个童话故事的原始版本及其潜在意涵。1990年，加州有两个学区禁止播映或谈论小红帽的故事，因为有一张小红帽的图画显示，小红帽的篮子里装着葡萄酒、奶油和面包。这一版的故事内容说，小红帽宽衣解带与野狼上床，她早就知道躺在床上的是狼，不是外婆。至于葡萄酒，他们说，喝酒容易被指斥为不当，但相对而言喝葡萄酒不会挨骂。

对成人来说，重要的是，儿童会从这个童话故事中学到什么。对许多人而言，小红帽的故事象征童年，但是成人从小红帽故事中学到了什么依旧是个谜。

本书旨在探讨一个童话故事背后的故事，更精确地说，是故事背后的观念。为什么民俗学者、女性主义者、心理分析学家、诗人、广告业者，甚至我，对小红帽这么感兴趣？答案（及本书的前提）是在小红帽单纯的外表底下，在红色连帽披肩底下，具体呈现了与人类息息相关的复杂且基本的课题。她的故事提到恒久不变的主题，包括家庭、道德、长大成人、迅速闯入外面的世界及男女关系。其情节汇集各种相对事物的原型（诸如是非对错、男女、强弱），透过这些原型来探索文化和社会阶级的界限，尤其是探讨这些事对男人、女人有何意义。小红帽和野狼栖息的地方，称为森林或人类的心灵，这是人类英雄故事的光谱聚焦之处，也是显露社会意义和文化意义的地方。

童话到底是什么？

今天我们常误以单纯的眼光看待童话故事。不像神话或传奇故事谈的总是圣人、神迹和英雄的事迹，童话通常上演平凡人的故事，包括家庭生活、儿童、爱情和长大成人的戏码。这些都不是“真实”的故事；事实上，“说故事”本来就意味着说谎。因此童话的重要性似乎微不足道，是人将其重要性夸大了。然而童话故事确实能提供一扇独特的窗，供人透视灵魂深处最重要的事、社会和文化的认同感、自我观感、对未来的期望以及社会变迁的过程。

这样说来，童话到底是什么？就技术层面来说，早在17世纪末期就有“童话”这个名词，当时法国宫廷的贵族和巴黎文艺沙龙里的仕女经常讲述“童话故事”，法国诗人佩罗（Charles Perrault）也出版了知名的童话故事书《鹅妈妈故事集》。但是，如今广受欢迎的童话故事，其源头还要推到更早以前，欧洲皇权时代的乡下百姓夜晚常聚在火堆旁边说故事边纺织或工作。佩罗和那个时代的文人编童话，常借用乡下百姓说的故事和其他文献，包括古典神话以及意大利诗人作家薄伽丘（Boccaccio）、“威尼斯说书人”斯特拉帕罗拉（Giovanni Francesco Straparola）和那不勒斯寓言作家巴泽尔（Giambattista Basile）等人的著作。

斯特拉帕罗拉1550年编的《愉快之夜》(*Piacevoli notti*)和巴泽尔死后才于1634—1636年间出版的五十个故事集《故事中的故事》(*Lo cunto de li cunti*),涵盖了大众喜爱的古典童话原型(虽然其中并不包括《小红帽》),其来源则无从追查。我们在童话中找到的故事形态年代太久远了,以致很难分辨其究竟源自何处,或它们是否真有源头。

就民俗学者的眼光来看,童话故事只是一种故事形态,不同于神话、传奇故事或童谣,但彼此含有若干共同的成分。童话故事说得仿佛是漫天飞舞的幻想,情节全都是年代不可考的稗官野史,君不见童话的开头常说:“很久很久以前……”童话故事并不一定都有神仙,但一定有法术:施魔法、着魔、会说话的动物、人间不可能有的野兽等。物体会飞,河水会说话,男人以兽身出现,也有野兽是女人变的。强调童话故事有其口述根源的民俗学家,视童话为民间传说类型的集合体,且以其情节分类;阿尔奈(Antti Aarne)和汤普森(Stith Thompson)编的“世界民间故事类型索引”(Aarne—Thomson Tale Type Index)第300—749页中指出,童话属于“魔法故事”类。

但是在民俗学和真实生活中,童话的定义有时很模糊。各种各样的故事中,某些地方符合某类型的定义,某些地方又不符。通俗用法会比理论更常以不同的名词来形容同一件事。今天一提到“童话”,大部分人都会认为是指源自丹麦童话作家安徒生和德国格林兄弟的那些故事。安徒生大受欢迎的那些童话故事其实是现代文学创作;格林兄弟1812年第一次出版的《儿童与家庭童话集》(*Kinder und Hausmarchen*),已成为各时代最广为流传的童话故事书。在德国，其发行量仅次于《圣经》。

无论如何，比我们定义童话更重要的是童话故事如何定义我们。在童话的名义之下，或许也正因为这名义的缘故，童话故事常含有最强烈的社会化叙述手法。童话中常含有了解自我和待人处世之道的不朽规范。诚如学者所言，在童话故事的扉页中，我们发现自己像王子、公主；父母像国王和王后（或魔王与恶毒的后母）；兄弟姊妹像讨人厌的敌手，终必受到处罚，大快人心。故事中也有巨人（仿如儿童对成人的看法）和侏儒（与成人比起来，儿童会觉得自己像侏儒）。童话故事的目的——男孩渴望当国王，女孩渴望婚姻，至少一般人的标准是如此，并且用不太尖锐的口吻述说社会对男女的期许，这种口吻叫人渴望再听一遍。故事的结局“从此过着快乐幸福的日子”，即使令人怀疑，也不致怀疑太久。在认识字以前，童话故事是我们第一次接触到的语文；在长大成人离家以前，也靠童话第一次接触社会的雏形。童话教导我们阅读、书写和判断是非对错。在杜撰的外观底下，童话预备着我们跨入真实世界的能力，并提供终生受用的功课。

生活里四处可见童话

想想看，你最近有没有阅读童话故事？四处瞧瞧，童话故事就藏在《人物》杂志的扉页、好莱坞那些女明星饰演的角色、保证给你美白肌肤的化妆品里，也在电影的剧情里。大家潜意识里都知道朱丽亚·罗伯茨（Jullia Roberts）在《漂亮女人》（*Pretty Woman*）片中扮演的正是“灰姑娘”的现代版。电视方面，热门剧集《欲望城市》(*Sex and the City*)不断反复述说着童话故事的主题，其中一小段剧情就描述三十多岁、切切寻找对象的专栏作家凯莉跑去赶搭午夜开航的船，结果将闪闪发光的名牌高跟鞋掉在路上(时尚总是一会儿流行，一会儿过时，但是昂贵、穿起来并不舒服的名贵鞋子所暗含的性象征，却永不过时)。

童话故事经常不经意地出现在我们说话的习惯中，透露出我们对童话般美丽婚礼的梦想，对现实生活不如童话美丽的失望，也影响我们思考的模式。童话塑造了人们对爱和性的观念，科学书籍常将精卵结合描述得有如童话般浪漫，魅力十足的精子在危险的输卵管里追逐、击败其他追求者，用它奇妙的一吻唤醒还在睡梦中的卵子(尽管新的研究证据显示，这种描述不过是童话，但这个备受欢迎的精卵结合之说，依旧主导美国教科书的内容。研究揭示出精子其实相当弱势，而卵子却仿佛具有“拴住精子”的强大能力)。从保养品到教科书，从生命起源之际精子间争相抢着与卵子结合，到胎儿的诞生，童话故事莫不渗透事实，激起代代相传的共鸣。童话决定人对终身伴侣、子女和自己的看法，这些观念幼年时就逐渐成形。在经过童话森林的旅程中，王子和公主(男孩和女孩)学到的社会和心理功课，都教人要专注于长大成人。我们都太看重这件事了，事实上是将它们化为自己的想法了。

童话故事隐藏着重要信息，这种想法毫不令人惊讶。近三十年前，心理分析学家班特海姆(Bruno Bettelheim)发现童话故事深具影响心灵的力量，引起大众注意，他几乎一手带动阅读童话成为现代时尚。这位已故的博士曾指出，童话为儿童提供可以对抗心魔的安全处所（他只字不提童话中也含有言语攻讦和羡慕阳具等心理）。班特海姆1976年的畅销书《魔法的种种用途》（*The Uses of Enchantment*）透露，看似简单的童话故事其实具有很深的寓意。虽然后来他的学术声誉受到抨击，但当时他的言论已带动了新一代的读者，即使是爱描写砍头、杀戮情节的格林兄弟，也受到了读者宽宥。

童话也是历史文献

班特海姆固然揭示童话不分畛域、时代的永恒真理，但他却忽略了一件重要的事，事实上大部分的学者直到最近才承认——童话会随时代而变迁。其实童话故事含有变化无常的特质，很容易随着气候、民情风俗、说书人和听众的思想而改变。它们会反映当地美食和发型，当然更不会错过其他重要的事。童话不只是心灵的蓝图，而且是美国普林斯顿大学历史学家达恩顿（Robert Darnton）所谓的“历史文献”。也就是说，它们记载的不只是广泛人类经验的基本要素，且是每天和每个时代特殊事物的详情，也表达人类集体想法的真理，即使这些真理会不断改变。童话部分的魔力就在于不只能隐约了解当代，且能记录历史。

民间传说是属于集体创作、口传且流传短暂的，它来自说故事者和听众之间的互动，包含笑话、说书、茶余饭后的闲谈和在火堆旁、田野间说的童话故事，内容时有变动，且常为适应新的文化背景而修改。但是一旦写成白纸黑字，故事中人物的时空背景就定了型，就像《睡美人》中的厨师被逮着在皇宫掴打小徒弟：他站起来，举起手准备掌掴，破口大骂，围裙上沾着陈年的厨房油污，情节就此永远锁定。故事的男女主角不只需要有符合时代的剧服，也需要一个时空背景、作者、读者和世界观。不论是手织的线纱披肩还是华丽芳香的法国宫廷，无论主角穿着维多利亚时代的紧身束服，还是20世纪男同性恋者时髦的女装打扮，童话故事的男女主角都记录了一个时代人们的心思，其中最令人印象深刻的莫过于小红帽，即使改变国籍、年龄、外表、名字甚至服装。小红帽历久不衰、清晰好认，世界各地的人都记得她，且很容易在成千上万的故事及其人物角色中认出她。小红帽一直被赋予符合社会和伦理风范的无数意义、道德、训诫和警示。

十个主题探索小红帽

本书旨在探索社会对小红帽的兴趣，包括她带来的信息和隐藏的信息，尤其是探讨这个故事如何论述性别角色及这些主题如何变化。本书的取向很窄，只有十个特写主题，且主要题材选自欧美背景，因其具有历史重要性、普受欢迎或具备清楚、有趣的主题。这些选择显然相当主观，难免独断，却是我几经挣扎精挑细选出来的。尽管很遗憾没有采用美国迈阿密大学法裔语言学教授蔡斯（H.L.Chace）1940年所写，与《小红帽》同音异字的故事*Ladle Rat Rotten Hut*（勉强直译，意思是《汲取老鼠的破茅屋》），因为这本很有趣的书与我的题旨较不相干，他用几乎同音的异义字取代《小红帽》（*Little Red Riding Hood*）的标题和内容的每一个字，以凸显音调在学习外国语文上的重要性。结果小红帽的故事一开始就变成："缺乏抵押担保的名义，毛绒线织的柄勺海鸥胆敢用锄头铲除润湿工，谋杀内在柄勺的绳索……"这样一来，正确无误地将故事说成以下这样："从前……"且作结论道"如果你想让自己的措辞有重点，就不容这些表达方式有任何自由"就有点可惜了。遑论法律版的《小红帽》故事中，人物用法律术语互相控告对方毁损、私闯民宅、诱骗、误杀，且州政府忠告"职业安全及健康管理局"，故事中的樵夫所使用的斧头不符合标准且不安全。

当然，小红帽的假面具永远不会被完全拆穿，过去的故事情节难免被我们个人的时空背景和人生经验所渲染、塑造。本书是一个21世纪的美国女性试图解开一个古老的杜撰故事，这个故事不只需要翻译其文字，还需要翻译其时代和文化背景，而且每个揭开疑问之举不可避免地会挑起另一段故事。更有甚者，那些最早出版童话故事的作家，本身也是改写者，他会视情况编故事。常听三姑六婆讲故事或互说故事的识字男士和早期的说书人，常会改编故事的阶级和时代，也会改造故事的构想甚至风格。灰姑娘的鞋子真的是用水晶（法文verre）做的？或如《大英百科全书》所说，是有人误将毛皮（vair）错看成水晶？这些以讹传讹的事已累积几世代了，讽刺的是，每次企图将故事去芜存菁的努力，最后反而增加世人误解故事的可能。也就是说，即使是本书读者也只能经由我设定的范围，透过我的世界观，偷窥这个童话故事。为了尽量减少双重视界，我在每一章开头都会先点出要探讨的故事段落，好让读者考量证据，即使你可能不赞同我的看法。

当然小红帽并不代表每个女人或一般的女人，即使世上真的有小红帽那样的女人。小红帽的故事也无法概括社会的思潮，无论是17世纪的法国社会思潮，抑或21世纪的美国社会思潮。它也不是全部的真理，但是它却提供这些事的入门路径。本书致力从文学的地窖中挖掘小红帽，揭开图书馆稀世书籍的保护纸膜，同时揭露人们心中对她的成见，用较世俗的眼光重探这个童话的真迹——探索她得以一再投胎转世的因素。不是为了探索宇宙的真理，而是为了证实人类的真理是如何变迁的。

第一章

失去贞操的小红帽

法国画家杜雷（Gustave Doré）1862年画的《小红帽与野狼》

小红帽（法文原始版）

法国诗人　佩罗/著

凯萨琳·奥兰丝汀/英译

资料来源：佩罗1697年出版的《附道德训诫的古代故事》（*Tales of Times Past with Morals*），一般通称为《鹅妈妈故事集》。

从前有个小村姑，秀丽绝世无双。母亲疼她，外婆更是对她宠爱有加。母亲为她做了一件红色连帽披肩，非常适合她，此后无论去哪里，她都穿着这件披肩，因此大家都叫她“小红帽”。

有一天母亲烘烤了一些糕饼，叫她带去探望外婆：“去看看外婆过得如何，我听说她病了。”小红帽立刻出发，去另一村的外婆家。经过森林时，她遇见常在邻近出没的野狼，它渴望吃掉小红帽，但是不敢，因为森林里有一些樵夫。可怜的小红帽并不知道停下脚步听狼说话是多危险的事，她告诉野狼：“我要去外婆家，还带了一些糕饼和一小罐奶油，是我母亲要送给外婆的。”

“她住在很远的地方吗？”野狼问。

“哦，是啊！”小红帽说，“走过那个磨坊往右边看，就是外婆家了。她家是隔壁村的第一间屋子。”

“嗯，好吧！”野狼说，“我也想去看她。我走这边，你走那边，看谁会先到她家。”

野狼尽抄捷径拼命快跑，小红帽则走了较长的路，享受沿路搜集坚果、追逐蝴蝶、编织花篮的乐趣。而野狼早就抵达她外婆家敲门了。

“谁啊？”

“是你的外孙女小红帽。”野狼伪装声音说，“我带了一些糕饼和一罐奶油给你，是母亲要我送你的。”

善良的外婆正躺在床上，因为她身体不舒服，只能大声吩咐：“拉开线轴，就可以打开门锁。”

野狼拉开线轴，一进门立刻扑向外婆，将她吞进肚子里，吃得丝毫不剩，因为它已经三天没有吃东西了。接着它关上门，躺在外婆的床上等小红帽，这时她抵达了，敲门。

“谁啊？”

起初野狼沙哑的声音令小红帽吓了一跳，但是她认为外婆感冒了，声音自然会变成那样，于是回答：“是你的外孙女小红帽。我带了一些糕饼和一罐奶油，是母亲要我送给你的。”

野狼将声音放柔，大声吩咐她：“拉开线轴，就可以打开门锁。”

小红帽拉开线轴，门就开了。一见到小红帽进门，野狼躲在床单里面，对她说：“将糕饼和奶油放在橱柜上，然后到床上陪我。”

小红帽脱下衣服，爬到床上，看到外婆没穿衣服的样子，她非常惊讶。她说：“外婆，为什么你的手臂那么粗？”

“这样才好拥抱你啊，孩子。”

“外婆，你的大腿也好大！”

“这样才好和你一起跑步啊，孩子。”

“外婆，你的耳朵也好大！”

“这样才能更清楚听你说话啊，孩子。”

“外婆，你的眼睛也好大！”

“这样才能更清楚看你啊，孩子。”

“外婆，你的牙齿也好大！”

“这样才容易吃掉你！”

邪恶的野狼就这样转身扑向小红帽，将她吞噬了。

教训：

小女孩，这仿佛在告诉你：

不要半途停下脚步，

永远不要信赖陌生朋友；

没有人知道结局会如何。

因为你长得漂亮，所以要有智慧；

野狼可能用各种伪装，潜伏在你周围，

它们可能变得英俊、和蔼，

愉悦或迷人——当心！

这是亘古不变的真理——

最甜的舌头往往带着最锐利的牙齿！

野狼：诱拐女人的男子

——牛津英语字典

《小红帽》性爱寓言史

古今中外儿童文学界最知名且一再被改编的童话故事，莫过于古老的森林里有一位小女孩与野狼同床而眠的故事。这两个主角肩并肩，在舒适的枕头和床的背景中，成了有趣的一对。戴着白色无边软帽的野狼阴险、有威胁性，它的身体稍微往前斜靠。而小红帽则穿着短袖睡衣，戴着无边软帽，僵直地坐着，稍微有点羞怯退缩的样子。整个画框就是这张床，床上的这两个主角似乎刚有过一番云雨。仿佛我们正从秘密的孔穴偷窥巴黎的闺房，女孩蓬乱的头发披在肩膀上，她拉紧被单遮住胸口，瞪大眼睛看着身旁那一个大鼻子。

今天大部分的读者都不曾留神思索这幅图画，也有数不尽的人喜欢这样的图画。《小红帽》是家喻户晓的童话故事，内容看起来似乎天真、平凡。难怪弗洛伊德派的心理分析学家班特海姆觉得，有必要在他荣获1976年最佳畅销书的著作《魔法的种种用途》封面，将这个黑白图画中的小红帽加上晕红的脸颊，以凸显她刚做了什么害羞的事——

你下意识觉得这是怎么回事，亲爱的？

这是法国斯特拉斯堡著名插画家杜雷1862年所画的“小红帽”系列作品之一，但是其内容版本却不同于思想保守的德国版《小红帽》。杜雷选择的主题关系着法国版《小红帽》第一次出版

班特海姆所著《魔法的种种用途》一书封面，
画中的小红帽脸颊上明显有着羞涩的红晕

的内容，这一版的内容比格林版更早一百年，且更加淫秽。杜雷所掌握及稍后经班特海姆加强的主旨，就是《小红帽》所隐藏的性爱寓言。

佩罗1697年第一次撰写法文版《小红帽》（“Le petit chaperon rouge”），乃是为骄奢淫逸、备受溺爱的法国太阳王而写的。法王路易十四在巴黎郊外乡村的王畿，为王公贵族建造了精致的庭园，仿佛凡尔赛宫的拉斯维加斯。园中尽是酒池肉林、赌局、狎妓场面，目的是让这些王公贵族终日无所事事，不理朝政，这样才不会图谋反叛。他们整天观赏芭蕾舞，打撞球，划船，远足。即使路有饿殍，凡尔赛宫依旧奢华无度，歌舞欢宴日夜不停，并且有画家夏尔·勒布伦（Charles Lebrun）在宫廷的天花板作画，墙壁上也挂着《蒙娜丽莎》的微笑。周末晚间的流水席畅饮到午夜，每场宴席至少需要498位仆人服侍。参加的朝臣莫不花数小时打扮，以便穿上华丽繁复的朝服。裤前饰袋使这些贵族看起来更富贵*；仕女则穿着紧身胸衣，勒紧腰围，酥胸尽露，充分显露女人曼妙的身材。纵欲、滥情、淫荡，无所不为。

那是皇权时代，高级妓女均受过勾引男人的训练，懂得在国王的床笫间卖弄花招者就会赢得“官方情妇”（official misttess）之名。然而，这样的用心很难赢得国王的忠贞对待。1675年，皇宫淫乱至极，以致国王的情妇向皇后告状，皇后便下令撤换未婚的宫女，改由12名已婚的老妇人代替。根据一位宫廷作家透露，路易十四的双性恋兄弟奥尔良公爵（Monsieur Le Duc d’Orleans）淫荡到几乎欧洲各国信奉罗马天主教的皇室都可能有他的后裔。甚至凡尔赛宫的建筑也包含各室妻妾的别馆，供她们淫乐。这些妻妾也借由婚外情（赢得情夫赏金），使丈夫变得更富有；她们在宫廷中给丈夫戴绿帽，借此换换口味。曾受国王宠幸一时的公爵夫人苏比斯（Princess de Soubise），就以戴绿宝石的耳环示意丈夫不在，以便与其他王公贵族玩乐。而受宠于皇室的宫廷文献记录家塞维涅女侯爵（Marquise de Sévigné）则每天写数十页的文稿给女儿，描述朝臣与众女淫乐之事。

这一切都不算丑闻，而是一种日常娱乐。例如，听到儿子因情妇众多以致偶尔会性无能，塞维涅大加取笑。她在1671年4月8日写给女儿的信中说：“我敢说，令人愉快的情形出现了……不是吗？我告诉他，很高兴看到他终于得到报应了！”

---

* 其实这饰袋是15、16世纪为遮掩男性裤前开口处而缝制的。——译注

但是对凡尔赛宫若干玩世不恭的朝臣来说，这样的淫乐可能具有危险，甚至如佩罗笔下的故事所示，这危险是致命的。在佩罗第一版的《小红帽》中，有着比班特海姆为小红帽脸颊加上晕红更富色情隐喻的插图。在书出版之前，即1695年，佩罗手稿中所附的水彩插画描绘那只野狼毫无掩饰地与小红帽共同躺在棉被里，而且是它躺在她上面。这幅画问世的年代比杜雷的插画更久远，画中的小红帽斜倚着枕头，一只手还温情地触摸野狼的大鼻子。根据佩罗版的情节，她刚脱下衣服，溜进野狼的被窝。

“你的手臂多么大啊！”她说。

“那是为了更好地拥抱你，孩子。”野狼回答。

PETIT CHAPERON
ROUGE.
CONTE.

IL eſtoit une fois une petite fille de Village, la plus jolie qu'on eut ſçû voir;

佩罗1697年出版的《小红帽》插图

稍后故事急转直下，野狼露出它狰狞的牙齿将她吞噬。和当今儿童所知的版本一样，小红帽毫无获救或补救的机会。

读到这个故事或看到这插画的朝臣都了解其中含义。今天欧美有一句形容女孩失去贞操的俚语，就是："她遇见野狼了。"

不为儿童而写的童话故事

就现代人的眼光来说，《小红帽》具有这样的历史实在令人惊讶，因为现代所谓的童话，是儿童文学的同义词。看到知名的小红帽历险故事有这样的原始版本，丝毫不会改变现代人对童话等于儿童文学的看法。佩罗所著《附道德训诫的古代故事》一书，体积相当于一个巴掌大。但麻雀虽小，五脏俱全，包含了佩罗八个至今备受欢迎的知名童话故事：《灰姑娘》、《睡美人》、《拇指仙童》、《长了一簇毛的里基》、《穿靴子的猫》、《小仙女》、《蓝胡子》和篇幅最短的《小红帽》。佩罗这些童话集的卷头插画都冠上"鹅妈妈故事集"的字样，这张插图画的是一名老妪坐在火炉前，边用手指抽着线，边说故事给几个孩子听。

从那时起，这幅景象和那些童话故事即成为古典童话，甚至儿童文学的基础。佩罗已奠定"鹅妈妈"的名气，此后这个卷头插画被无数本书一再复制或模仿。然而不同于其外观及现代人的推断，佩罗这些故事既不是源自童话，也不是为儿童而写的。事实上，这些"儿童类古典名著"都是经过一番修饰的嘲讽寓言，其字里行间紧系着17世纪法国宫廷、社会发生的事件及上流社会的性爱政治。

1695年佩罗手稿中的《鹅妈妈》插图

法国的童话故事（或称神仙故事）在17世纪末那短短几十年突然蓬勃发展，当时这些故事都是流传在成人之间——“成人”一词至少是当时人们所了解的那层意思。在太阳王时代，十三岁的小王子登基并不是新鲜事，而女孩到了十二岁即使并未真正嫁过门，也大都已有婚约。史上第一次出现童话故事的记录是在1677年，在塞维涅女侯爵写给女儿的信中，转述“朝臣在凡尔赛宫为取悦仕女而说的故事”，诸如：“有一个绿色的岛屿，住着一位靓丽的小公主。小仙子是她的玩伴，喜乐王子是她的情人，有一天他们在一场舞会中一起去见国王。”早在这个热潮方兴未艾之前，说童话故事的时尚已慢慢在酝酿（mitonner）中，会说故事的人立刻成为炙手可热的人物。到了17世纪末，这个时尚几乎成为全民疯狂的喜好，受欢迎的程度使当时的人只要参加宫廷的活动，莫不打扮得仿如他们最喜爱的童话主角。

沙龙成为文化交流的场所

尽管用法文烹饪用语“mitonner”（酝酿、细熬慢炖）这个词，让人觉得他们所说的故事具有民间平易近人的流行意味，但其实这些故事大都是当时社会高级知识分子几经细腻构思而创作出来的。这种文学形式来自民间或中下阶层的影响较少，它可说是从仕女沙龙渐渐延伸到宫廷的。所谓沙龙是17世纪巴黎高级知识分子圈中的一种名流社交聚会，它是当时名门闺秀的生活重心。公爵夫人朗布耶（Madame de Rambouille）在17世纪初首创沙龙众会，她宅第许多大厅、回廊的精巧设计最后闯出“蓝轩”（chambre bleu）的名号，以用色大胆闻名。到了17世纪后半叶，沙龙变成文人墨客谈书论道的枢纽，这些沙龙多半由学识渊博的公爵夫人赞助，包括塞维涅女侯爵。不同于凡尔赛宫僵硬、拘泥形式的聚会，这些仕女在沙龙里以不正式的风格自娱，在床上接待她们的客人，并允许她们喜爱的人登堂入室，进入内沙龙（指床与墙壁之间的狭小通道）。她们欢迎男人、女人、中产阶级、贵族，但这些人清一色都是知识分子。他们经常玩文字游戏，为艺术而争论。在沙龙中，智慧和口才是众所瞩目的特质，故事说得好不只是一种娱乐，也是优异的表现。他们经常在晚间诉说、讨论短篇寓言和神话故事，这已变成一种恭维人的工具、乌托邦式的沉思默想，有时甚至是尖锐的社会批评方法，因为这些故事经常论及婚姻、爱情、教育和男女的角色。

历史上第一次有童话故事出版始于奥努瓦公爵夫人（Marie-Catherine D’Aulnoy）于1690年将信手写的《幸福岛》故事雏形谨慎地发展成小说《希波莱特的历史》（*History of Hippolite*）和《道格拉斯伯爵》（*Count of Douglas*），到了佩罗才疯狂地使童话故事转为文学形式。他所著《附道德训诫的古代故事》，一般通称《鹅妈妈故事集》，立刻成为当时的畅销书，同一年在法国发行第二版，在荷兰发行第三版，且激起许多文人效仿，使童话故事如雨后春笋般涌现。身为当时沙龙常客的佩罗，用天真无邪的笔调写童话故事。除了将“鹅妈妈”的形象塑造为说故事的老妪之外，他的故事集中有一篇《小姐》（“Mademoiselle”），是他十几岁的儿子达门寇特（Pierre D’armencourt）献给当时法王十九岁的甥女之作。这八篇简短、轻松爽朗的故事显然旨在娱乐，但它们也有更严肃的目的。

佩罗是当时世界艺术与政治中心的知名知识分子：他是肩负国王荣耀的官员，同时又是艺术家、随笔作家、法国学士院的成员和时而离经叛道的沙龙常客。佩罗是中产阶级律师的第七个孩子，他曾加入法国皇室的官僚，当路易十四行军经过皇家委任的艺术家面前时，他也跟着一群艺术家、诗人、历史学家向国王高呼歌功颂德的乐章（以证明国王的军事扩张行动是正确的）。在握有大权的财务大臣柯伯特的羽翼下，佩罗晋升为掌管皇宫建筑的大臣，他非常懂得巴结皇室，其主要职责包括为皇室制造阿谀奉承的口号。（他建议给国王刚出生儿子的贺词即为：“他一出生就威风凛凛。”）

在柯伯特的赞助之下，佩罗进入学士院——当时卢浮宫的男士俱乐部，这个创立于17世纪初的组织，主要聚会都是讨论当时重要的知识界事务。1672年，佩罗成为学士院的院长，1691年他就在这里向四十位博学的成员发表他写的第一个故事《格丽泽尔达的忍耐》（“The Patience of Griselda”）。这个寓言描述女性对丈夫的容忍最后得到什么报偿，加上另两篇曾刊于当时法国著名杂志的故事（后来这三篇编为故事集），还有《鹅妈妈故事集》，显然都受到当时沙龙时尚的影响；但它们同时也是学士院激辩的部分话题，引发针对时代、宫廷和男女的文化战争——即所谓“古代与现代之争”。佩罗以一首具争议性的诗《路易大帝世纪》挑起这场战火，诗中宣告在太阳王的统治下，文明的发展达到巅峰，甚至胜过罗马帝国首任皇帝奥古斯都（公元前63年—公元14年）统治的时代，那是迄今人类成就的模范，也几乎是历代艺术家、建筑师和作家莫不极力效仿的对象。此外，这些争议也触及两性问题。

贵族才女褒贬加身

与学士院站在同一战线的保守派人士认为，现代女性破坏家庭生活及社会价值。当然，这场有关女性的辩论了无新意，争论的问题一样是：女性活着的目的是什么？女人可以受教育吗？这些问题早已争论了几个世纪，但是在17世纪出现新的发展，因为宫廷提供女人史无前例的受教育机会。到17世纪末期，贵族中女性的识字率已超过男性，女性俨然变成文化的生产者和文学品位的意见领袖。例如塞维涅女侯爵，身为宫廷和沙龙的宠儿，且会唱歌、跳舞、骑马，修习雄辩术，懂拉丁文、西班牙文、意大利文，接触得到大规模的图书，她早已变成当时贵族中最博学多闻的人。她的信函生动地描述奢华的晚宴、老谋深算的市侩及理所当然的闺房秘史，这些信函启迪了新的文学形式，难怪书信体小说在18世纪非常兴盛。

沙龙的生活同时带动一些论战。早在女性主义这个名词问世之前，沙龙就培养出女性主义者了。其中有些杰出的才女为改革法律而战，要求法律赋予女人权利，可自行决定结婚或单身、要不要生育子女及管理自己的事，该世纪稍后的童话故事也流露出女人争取权益的思潮。沙龙的女主人非常有权势，有些故事书一旦经她们认可，就会成为学士院必读之书。固然她们成了社会进步的中心，但沙龙也是社会嘲弄和讪笑的箭靶。保守派人士视进出沙龙的仕女为高级妓女，指斥她们混淆社会阶级和性别。17世纪的法国道德学家布吕耶尔（Jean de la Bruyère）将受过教育的女人比喻成收藏家的特殊火器，“只适合拿给好奇的人观看，却一点用处也没有，不过像个旋转木马”。剧作家莫里哀（Molière）也在1659年出版的《可笑的女人》（*Les précieuses ridicules*）中，嘲弄沙龙女主人附庸风雅，但précieuses一词（意为才女、有价值的女人）也有恭维女人的意思。还有一些人为了限制女人到沙龙中去，而阻止女人受教育。17、18世纪法国天主教大主教兼作家费奈隆（Abbé Fénélon）说，文学会使女人转移注意力，以致破坏家庭。费奈隆是法王妃曼特农（Madame de Maintenon）的神父，是曼特农在圣西尔市所创办女子学校的建筑师。这些女性问题尤其是学士院热衷辩论的话题，也是佩罗个人及其专业生涯的一部分，终而成为他执笔的童话故事的部分内容。

佩罗作品旨在捍卫宫廷道德观

身为当代风潮的领导者，佩罗变成护卫宫廷社群的多产作家。他写了数册批判文化的书籍，搜集显赫人士的传记，撰写喜剧和诗，且完成四大册共1160页的巨著《古代与现代并行不悖》（*The Parallel of the Ancients of Moderns*）。但是今天大部分人记得的，都是他晚年完成的童话故事。他的作品尽管有趣、讽刺，但同时旨在阐明宫廷的道德观，每一则故事最后都附上短评，使这故事转为教训，阐述了官方文化眼镜下的道德观。整体来说，这些故事描绘了凡尔赛宫男女生活和人际关系的责任与期待，以及使男女结为一体的核心制度——婚姻。这些毫不浪漫的描绘非常赤裸，有时甚至恐怖。

任何曾经期待有个"童话般美妙婚礼"的人，必定没读过佩罗的童话作品，因为他童话中的婚姻多半涉及金钱、残酷和欺骗等问题。故事中的丈夫们都是凶残的，结婚的双方往往在婚礼上才第一次见面，且婆婆有时也恶毒到想吞了女主角。在《格丽泽尔达的忍耐》中，可怜的年轻女郎嫁给一个不信任她品德的国王。他连续几十年让她饱受苦难，仿佛《旧约》中多灾多难的约伯一样。她生了女儿之后，国王坚称婴儿死了，放逐她去过贫穷的日子长达十五年，这期间他宣布娶她的女儿。《蓝胡子》中那个富裕鳏夫的年轻新娘似乎婚姻状况较好，直到她发现自己原来嫁了一个恐怖的连续杀妻犯。有一天他留她一个人独自在城堡中，所有房间的钥匙都给她，包括他素来禁止她进入的那一间。她当然拿钥匙开了那间密室，进入后果然在橱柜中看见早有所闻的骷髅，他那些前妻的尸体血淋淋地挂在墙壁上。她在惊吓中掉了钥匙，且身上沾染了洗不掉的血迹，这些足以证明她背叛蓝胡子，违反禁令进入这密室，于是蓝胡子要她加入他那些前妻的行列。就在千钧一发的时刻，她的兄弟们赶到，终于救她逃脱厄运。在《驴皮》（“Donkey Skin”）中，一位公主披上驴皮，逃离有乱伦欲望的父王。睡美人则被一个靠不住的王子欺骗以致怀孕，王子隐瞒这段恋情，且将睡美人所生的儿子藏了四年，直到国王过世。最后他带着睡美人和儿子回家，他那个像食人魔的母后却企图吞噬他们，当初他父王娶母后纯粹是为了她的财富。

佩罗的读者多半认得出他童话故事的风格。他描写睡美人经过玄关的镜子前面，而当时法国宫廷就有一面知名的玄关大镜子。蓝胡子用野宴、狩猎、舞蹈和宴会的伎俩吸引他的新娘，这全都是当时法国王公贵族在宫廷里逗乐的把戏；他宅邸里那些绣帷壁饰，可能就是凡尔赛宫常见的装饰品。灰姑娘穿着的衣裳让人想起塞维涅女侯爵那个时代，蒙国王宠幸的情妇蒙特斯庞的服饰风格，那辆南瓜变成的镀金四轮大马车，像煞路易十四画像中的马车，还有她那些同父异母的姊妹向上流社会的时髦商品贩子购买化妆品的细节也十分真实。即使是故事中详细的情节——陌生人之间的婚姻、受重大打击的父母、突然致富或一贫如洗，也都是众人耳熟能详的。

17世纪的贵族婚姻都是父母为了本身的社会地位和经济利益而安排的，这样的婚姻简直是愚蠢的交换资产。塞维涅女侯爵的贵族亲戚格里格农在为安排子女的婚事讨价还价时，已积欠严重的债务。塞维涅女侯爵的外甥库朗热在1694年6月28日的信函中劝告格里格农夫人："照我说的去做，尽可能争取最大的财富，去和社会身份低但富有的人联姻，你只需要自我安慰一下……一旦放松心情，当你住在偌大、堂皇的大宅邸时，就不会再饱受债主的骚扰了。"格里格农家让儿子迎娶富有的税款包收人之女，以获得四十万法郎的嫁妆。信中并未提及的这对年轻人，直到家长签订婚姻契约之后一星期，才第一次见面。

这种买卖婚姻的重要性再怎么夸大都不为过，连国王都下诏书保护父母（尤其是父亲）的这种独断权，因此他们有权决定子女的一生和婚姻。1556年的一份诏书宣布"秘密"结婚违法，亦即不准子女在未获家长认同的情况下私订终身。当时未成年的年龄，男性为二十岁到三十岁，女性为十七岁到二十五岁。1579年的法律又扩展为寡妇也算未成年。最后未成年的限制全部废除，只规定婚事完全由父母做主。1629年的法令更是宣布，所有子孙不分年龄、性别或婚姻状态，全都是未成年。违背父亲意思的人将受严重处罚，包括剥夺继承权、逐出家门或更糟。在17世纪的法律之下，未获父母认同的婚姻形同诱拐或绑架，其刑罚就是处死。

佩罗的《小红帽》意喻贞操的重要

在这种背景下，佩罗的故事里便同时出现性暗示和道德警告，他的《小红帽》更是充满这种性的矛盾。贞操是买卖婚姻的重要条件，但是在宫廷中却流行着奇怪的反论，被诱拐的年龄正是法定必须守贞的年龄。在宫廷恶名昭彰的淫乱史中，另有些女孩自幼被养在修道院，佩罗的妻子就是四岁进入修道院，直到结婚前不久才现身。他与财政大臣柯伯特讨论婚事时，才见过她一次。1673年的诏书赋予父亲权力，可将女儿圈禁在家中直到二十五岁或结婚时，并且男人不必取得国王的允许就能放逐家中女性成员。甚至是国王的情妇，一旦被打入冷宫，就得从城堡搬到修道院去住。法王第一次公开宠幸的情妇瓦利埃女公爵，在她与法王所生的八岁女儿现身宫廷后不久，她就宣誓为修女。朝臣手册也强调男女护卫自己名誉的重要。当时的教育和佩罗的《小红帽》都警告女性滥交的危险。

佩罗揭开小红帽的假面具，让世人看见她妓女的本色、丑闻和本性，凸显她的罪、预兆她的命运。她的伴护人*或帽子显示双重意义，在稍后出现的英文版中也同样出现了单身女孩身旁必须有个已婚妇人陪伴，保护她不受男人的干扰。最后，佩罗在故事末尾添加了一句明显有道德教化意味的忠告，警告社会上年轻的女子保持贞洁。英文版的这个警语译为押韵的诗句，且复制成本章前面所列的那些叙述文，以掌握佩罗的节奏；但是英文译作

---

* 中古世纪欧洲贵族女性常有一年长妇人陪在身边打理一切，即为伴护人。——译注

更能透露佩罗特殊的用意。

> 诚如人人都看见的，孩子，
> 尤其是受过良好教养和熏陶的
> 漂亮年轻女孩，
> 不会听任何陌生人的话，
> 这是毫不奇怪的事：
> 狼会吞噬她们。
> 我说狼，因为所有的狼
> 并不同种，
> 有些狼相当迷人，
> 不会咆哮，也不粗鄙。
> 甜言蜜语，舌灿莲花的人，
> 跟随年轻女孩
> 进她们的屋子，
> 直到床边。
> 但注意啊！众人皆知
> 这就是圆滑的狼，
> 最危险的一种狼！

佩罗指出，野狼不只会在街上跟踪女孩，且会进入她们的家，进入内沙龙，直到床边。这个亲密的空间就是沙龙仕女接待喜爱的贵宾之处，那里有时会有一扇隐秘的门通往其他房间，沙龙文化的核心就是内沙龙，这已变成沙龙本身的印记。佩罗的“女主角们”全都是贵族中善良（bien faites）和温柔体贴的人（gentilles）。他的忠告不只给女孩，且给上流社会那些有良好教养、受过教育的女人，她们习惯邀请红男绿女参加聚会，而这些活动正是危险的开端。

佩罗的野狼是个时髦、迷人的巴黎上流社会人士，擅长勾引年轻的女子，威胁家庭的传统。诚如一位民俗学者所称的“不相配的追求者”，他善于以迂回的暗示，逐步迈进城里最珍贵的床铺，夺去年轻女子的贞操，亦即剥夺她们在买卖婚姻中的筹码。

后来佩罗有关性道德方面的忠告都被删除了，这是现代读者在这个童话书中所见到的，但故事中有些关于恶棍的隐喻依旧存在。君不见今天我们依旧使用“狼”这个字指称玩弄女人的男子。

第二章

这次小红帽学乖了

在瓦特·克伦1862年所作的水彩画中，
小红帽遇见穿羊皮的野狼

小红帽（格林兄弟德文版）

丽娜·布朗/英译

资料来源：《儿童与家庭童话集》，1812年初版。

从前有个甜美的女孩。外婆最爱她，大家也都会第一眼就爱上她。外婆很乐意满足这个小女孩的任何需求。有一次外婆给了她一顶红色丝绒帽子，看起来非常漂亮，以致小女孩除了这顶帽子之外，再也不戴任何其他帽子。从那时起，大家就叫她“小红帽”。

有一天妈妈告诉她：“小红帽，拜托你带这块糕饼和这瓶酒去给外婆，因为她生病了，身体很虚弱。要乖，帮我问候外婆。路上小心一点，不要走小路，否则可能会跌倒，摔破瓶子，那样外婆就没有东西吃了。”小红帽答应母亲会按其要求而行。

外婆住在森林的另一边，距离小红帽住的村庄有半小时的路程。小红帽一走进森林，就遇见了野狼。但她并不知道野狼是邪恶的动物，因此毫无惧怕。

“你好，小红帽。”野狼说。

“多谢问候，野狼。”

“那么早你要去哪里，小红帽？”

“要去外婆家。”

“你篮子里带了什么？”

“要给外婆补身体的糕饼和酒，她生病了，身体很虚弱。”

“你外婆住在哪里？”

“在森林里再走十五分钟，经过那三棵大橡树，再走过榛树灌木丛，就到了。”

野狼心想：“这个既年轻又温柔的小女孩实在是美食珍馐，味道必定比那个老太婆好太多了，我需要用巧计将她们祖孙俩吃到口。”因此它跟在小红帽身旁走了一小段路之后，说：“小红帽，你有没有注意到路边的花好美丽？何不四处逛逛？你有没有注意到那些鸟的歌声好甜美？在森林里一路上真是快活，而你却只顾走路，像赶着去上学一样。”

小红帽张大眼睛，看阳光在树林间闪烁亮丽的金光，四周百花争奇斗艳，心想：“好吧，如果我带一束花送给外婆，她一定会很高兴。反正天色还早，我耽搁一下，还是会准时到达她家的。”因此她跑进森林里摘花。每摘下一朵花，就想着更深的林子里必定还有更漂亮的。这时野狼已直接赶到她外婆家敲门了。

“外面是谁啊？”

“是小红帽，我带糕饼和酒来给你。请开门。”

“只要把门闩放下，就可以进来了，”外婆回答，“我身体太虚弱，爬不起来。”野狼推开门闩，打开大门，二话不说便跳到床上将小红帽的外婆吞进肚子里。接着他穿上她的衣服，躺在床上，并拉上床帘。

小红帽直到捧着多得不能再多的花，心里才惦记着该赶紧往外婆家去。抵达时，她好奇为什么外婆家的大门没有关。进了客厅，闻到怪怪的味道，心想：“我的天啊，虽然平常我很喜欢到外婆家，但今天却觉得有点害怕。”她大声喊：“早安！”但是没有回答。接着她走近床边，拉开床帘。外婆躺在那里，帽子盖住脸，看起来有点古怪。

“哦，外婆，你的耳朵好大哦！”

“那是为了更清楚地听见你说话啊！”

“哦，外婆，你的眼睛好大哦！”

“那是为了更清楚地看见你啊！”

“哦，外婆，你的手好大哦！”

“那是为了能抓得住你啊！”

“但是，外婆，你的嘴巴大得好恐怖哦！”

“那是为了更方便吃你啊！”

就这样，野狼跳下床，扑到小红帽身上，将她吃掉。

野狼饱餐一顿后，再回床上睡觉，且鼾声大作。一位猎人恰巧路过，心想：“屋里的老妇人怎么可能鼾声那么大、我最好进去看看她是否安好。”猎人一进门，直走到卧房，却看见野狼躺在床上。“你这个罪该万死的家伙居然在这里，”猎人说，“真是踏破铁鞋无觅处！”于是拿起枪准备射杀野狼，但他突然想到，野狼一定将老妇人吃进肚子里了，她可能还有救，开枪会伤及她。于是他改拿大剪刀，将熟睡之狼的肚子剪开。第一刀剪下去，就看见野狼肚子里有一顶闪亮的小红帽。接下来几刀，看见一个小女孩跳出来。“哦，吓死人了！”她说，“野狼的肚子里好暗。”小红帽的外婆也还活着，她奋力喘一口气。小红帽立刻捡了一堆大石头，将野狼的肚子填满。等它醒来，试图逃跑时，肚子里的石头却沉重得使它立即倒地身亡。

这三人欢欣鼓舞。猎人剥下野狼的皮，带着狼皮回家。外婆吃了糕饼，喝了酒，身体也康复了。小红帽心想："我再也不要自己一个人离开正路深入森林，妈妈一直都这样告诫我。"

据说后来小红帽又有一次带烘烤点心去给外婆，结果遇到第二只野狼诱拐她偏离正路。但是这次小红帽非常谨慎，径自往前走，毫不理会野狼。后来她告诉外婆，路上遇见一只狼很有礼貌地和她打招呼，但是却眼露邪恶之光。"要是在空旷的路上遇见野狼，它必定会吞了我。"

外婆说："来，我们将门闩上，这样它就进不来了。"

果不其然一会儿便有野狼来敲门。"开门，外婆，我是小红帽，我带一些烘烤的糕饼来给你。"

祖孙两人默不作声，也没开门。因此，它不停绕着屋子转，且跳到屋顶上，巴望等晚上小红帽回家时，可以跟在她后面，在黑暗的森林里将她吃掉。但是，外婆了解野狼在打什么如意算盘。她家门口有一个石制的大凹槽，她叫小红帽："去拿水桶，我昨晚做了一些香肠，你将煮香肠的滚水装到水桶里，然后倒进门口的凹槽。"小红帽便将巨大的凹槽倒满。香肠的美味传到野狼的鼻子里，它伸长脖子边闻边往下看，不料却因此从屋顶掉下来，正巧掉进那个凹槽里淹死。小红帽快乐地回家，一路上不再有野狼伤害她。

从法国太阳王权势日正当中之际，到英国维多利亚女王主政时代，小红帽一路走来越发变成谨慎的小女孩，但依旧愚蠢，容易犯错，需要男人拯救。佩罗版之后第一个改编版《小红帽》于1812年由德国格林兄弟出版，故事内容变成慈爱的猎人从野狼的肚腹中救出小红帽，给她迈向人生正路的第二次机会。维多利亚女王时代普受欢迎的这个童话故事，将小红帽描写成天真的女孩。其中一个值得回味的片段是小红帽的身影越来越小，直到最后一幕时，她坐在猎人的肩膀上，身影小得像洋娃娃。瓦特·克伦1875年的水彩画内容则是现在家喻户晓的情节：猎人杀了野狼，小红帽逃到他的怀里，泪眼婆娑地后悔不该走岔路，并保证再也不敢这么不听话。

格林版《小红帽》有其时代意义

格林兄弟的《小红帽》传达了一些通俗的教训：要循规蹈矩，不和陌生人说话，要听父母的话。现在大部分人都认为这些教训出自《小红帽》。对许多人来说，这些教训变成人生的功课，甚至是代代相传的民间智慧。当格林兄弟第一次出版《儿童与家庭童话集》时，声称完全是按照德国乡下百姓口传的版本，毫无添油加醋或修改，且注明故事的出处，包括地区和日期，这使他们赢得"童话之父"的美誉。但是这两兄弟似乎并没有如他们所说的，照实记录民间口传的版本。

一般都认为格林兄弟曾深入乡间探访，确实考察民间传统。格林兄弟的版本固然不是完全错误，他们确实摘录了若干从农村

1862年瓦特·克伦版《小红帽》，
最后是猎人救小红帽脱离愚蠢的危险

听来的情节，但是他们的研究颇为笼统，定稿内容与口传的情节相当不一样。尽管格林兄弟长期享有美誉，但20世纪末有学者指出他们是在家中进行搜集资料的工作，他们的资料来源并不是德国乡间满脸皱纹的老太婆，反而多半是中产阶级的朋友和家庭，这些朋友对口传故事相当熟悉，包括法国童话。格林兄弟博览群书，他们至少懂十五种语言或方言，且非常熟悉佩罗版的《小红帽》，几乎可以确定他们是向一位女士探询有关小红帽的各种乡野传说。这位女士就是哈森普夫卢格（Marie Hassenpflug），她并不是德国当时闻名的童话夫人——即德国乡野民间故事的说书人。格林兄弟将她的形象美化，甚至为此提出例证。但哈氏不过是一个邻家朋友，年轻、识字、中产阶级，且具有法国胡格诺教徒*的血统。胡格诺教徒为了躲避法王路易十四的迫害而离乡背井时，带着他们固有的文化和民间传说一起出走，哈氏当然知道佩罗和创办沙龙的那些知名公爵夫人。

此外，格林兄弟并未忠实地处理原始抄本。比较他们早期的手稿和后来出版的故事内容，可以看出他们一生中共出版过七种不同情节的小红帽故事，显然他们彻底改写了搜集的资料。格林兄弟1857年的最后文集极其符合维多利亚时代读者和批评家的口味，尤其讨家长的喜爱，它不只呈现过去的民间传说，且赋予故事新的时代意义。

他们所编写的共二百一十个故事是当时潮流的高峰，这个潮流自18世纪后半叶便开始茁壮成长——童话故事原本旨在说给儿童听。在格林兄弟和其他人经手的翻译版和改写版中，《小红帽》具体呈现了19世纪对儿童和维多利亚时代对女性的新观念，这两种观念有许多地方并不容易区分。

工业革命后出现童书

格林兄弟的时代之前，儿童文学几乎不存在，也没有所谓的儿童，至少不像我们今天所想的那样。历史学者阿里耶斯（Philippe Ariès）指出，所谓儿童期和青春期是人类历史上最近才出现的。几世纪以前儿童往往夭折，因此除非他们证明自己有生存的能力，否则鲜少有人会关注他们。一旦有生存能力，他们

---

* 即16、17世纪法国加尔文教派的新教徒。——译注

便立即被视为成人。贵族的“儿童”穿着像个小大人，燕尾服、撒香粉的假发、调整身材的紧身束腹，一如佩罗在《附道德训诫的古代故事》中所描述的模样。他们尽可能早婚，以便在可能不幸早逝之前，为策略性结盟而联姻，并善尽传宗接代的责任，尽量多子多孙，才能提高家族生存的概率。中下阶级的年轻人甚至比有钱人更早婚，贫穷的妇女可能生一个夭折一个，男人几乎尚未成年（约莫十一岁或十二岁）就直接进入职场。但是到了19世纪，工业革命大幅冲击欧洲，就此改变了人们对成熟的定义。

工厂如雨后春笋般成立，城镇转型为大都会。受到技术的冲击，工业革命使人口结构大幅改变，大部分的人都从乡村移向工厂所在地，社会出现都市中产阶级和维多利亚时代风格的家庭，儿童这时才被注意到。年轻人都到工厂上班，而不是去当学徒，因此待在家里的时日更久。家家户户生的孩子越来越少，部分原

维里1863年出版的“玩具书”，即以站立的小红帽为书的形状

因乃是孩子越少，存活率越高。核心家庭的观念因此强化，一般人越来越有“童年”的观念，认为童年阶段有其特殊的特质和需求，包括玩耍、教育，尤其是道德方面的教养。

工业革命同时改变了书籍市场，开始出现满足儿童需求的书籍。17世纪第一次有《小红帽》的故事书出现，当时的书是一种奢侈品，非常昂贵，在佩罗搜集、出版童话故事之前，通常主题都有所限制，印刷品本身也具有实用价值，诸如月历、年鉴、祈祷书、宗教小册子和识字入门等。18世纪初，廉价书籍开始广为流传。佩罗的童话故事透过这本“蓝皮书”（《小红帽》的封面为蓝色）再度进入大众文化。当中产阶级的人数越来越多时，识字率随着提升，新的印刷工业工资便宜，降低了印书的成本。过去女人常一面纺织一面说故事，工业革命使织布和说故事从火炉边转到工厂。纺轮不敌纺纱机、电动织布机和纺织机；昂贵的手制布质书籍也难敌机器印刷的纸制书籍。到了19世纪，即使是工匠也买得起一些书，更重要的是，阅读人口使书市这个特殊的市场更加兴盛，包括童书。

英国19世纪幽默作家及画家利尔（Edward Lear）的第一本著作《废话连篇的书》（*Book of Nonsense*）于1846年出版，书中有一些线条简单的图画和有趣的韵文，这是他后来那些五行打油诗的先锋。希腊作家伊索的寓言已经发行了几个世纪，这些寓言起初是写给成人看的，现在却增加了显然是给儿童看的插画。在堪称书籍市场枢纽的英国，童书都是黑白印刷，到了19世纪60年代，一家名叫伊凡斯的公司才在有名的雕版技术员瓦特·克伦的创新之下，开始实验彩色印刷。接下来十年，“玩具书”均用明亮的色彩印刷，且书的形状千奇百怪，有时甚至打开书就会有图画自动跳出来，这些书全都风靡一时。例如1863年，维里（Lydia L.Very）所著的故事书造型就是小红帽的形状。

瓦特·克伦大受欢迎的这些附插画的廉价童话故事书，现在已成了收藏家的最爱，而这些书也奠定了今天脍炙人口的格林童话故事的基础。

格林兄弟为保卫文化资产编辑童话

起初格林兄弟并不关心儿童，也未刻意出版儿童读物。他们是语言学家、大学教授和民俗学者，苦心孤诣全在于保卫文化遗产。这两兄弟出生在德国中部的赫塞邦*，来自信奉新教的中产大家庭，此地今属法国。身为学者专家，格林兄弟深受诗人兼剧作家席勒（Schiller）和歌德（Goethe）主导的德国文化复兴所影响。哥哥雅各研究法律和比较文学；弟弟威廉研究中古世纪文学和民俗。两兄弟终其一生同时钻研、搜集德国歌谣、神话和传说，且编纂德文语源字典，但书未完成威廉便于1859年过世（为了这个几乎耗费二十年工夫的任务，他可说是鞠躬尽瘁）。1812年他们出版第一本《儿童与家庭童话集》时，正值法国霸主拿破仑兵败、德国人的种族优越感如日中天之际。随着德国文化再度燃起浪漫主义的热潮，格林兄弟钻研、搜集他们称之为“自然资产”的德国传统民俗。

---

*　邦为德国的行政区，相当于中国的省、美国的州。——译注

格林兄弟于1812—1815年间第一次出版的《儿童与家庭童话集》上下两册中，附加许多不清不楚的注释，因此并不容易读懂。他们撰写这本书的目的不在娱乐，而在为有兴趣研究德国民俗传统的人提供学术资源，及与外国故事做比较。事实上，此举引起全球学者效仿，开始研究、搜集本土民间传说故事。

但格林兄弟的财力不够丰厚。他们在学术上的雄心壮志屡遭磨难，因此不久便从学术领域转入有利可图的童书市场。他们在第一版童话书的序文中，骄傲地夸称保留了口传故事的传统，1819年出第二版时，也夸耀善尽修纂之功。他们将断简残篇的故事补全，用更简练且流畅的方式重述故事内容，威廉甚至忍痛割爱："在新的这一版中，凡不适合儿童阅读的字句，我们一律审慎地删除。"他还忠告家长慎重分辨哪些故事才适合说给儿童听。1823年，泰勒（Edgar Taylor）将格林兄弟的童话选集译成英文版，结果大受欢迎。1825年，格林兄弟自行出版极短篇故事集，并由其弟路德维希（Ludwig Grimm）负责插画。这本书特地选在圣诞节上市，希望能大赚一笔。

格林兄弟（大部分是威廉）终其一生致力编辑适合儿童和家长阅读的故事书，目的在于"让民俗故事中的诗意散发效果给人愉悦，这本书也要成为一本礼仪手册"。为达成此目的，他将他们热爱的传统民间故事做了大幅"修改"。

有关性、乱伦和威廉所谓的"若干情况"（指怀孕）都被删除。以《长发姑娘》（"Rapunzel"）中拉普耶鲁的故事为例，她坐在高塔的窗户旁，放下非常长的头发，这长发仿佛楼梯，可以让看守她的巫婆借此爬上楼。后来她的意中人恰巧经过，她也如法炮制放下长发，让他攀发而上。在格林兄弟广受欢迎的最后一版中，并没有提到男女主角任何不适当的性行为，这位王子非常纯洁地追求她，直到有一次她不小心说漏嘴，表示巫婆的体重比她的心上人重，巫婆才知道她已名花有主。但是在格林兄弟第一版的故事中，拉普耶鲁不只有多位访客，且其中一位还是她的枕边人。巫婆知道拉普耶鲁背叛，是因为有一天她天真地问，为什么她的衣服都穿不下了。

相对地，格林兄弟却保留了暴力的情节，但经常会加以润饰。事实上从格林兄弟那些年间出的几版书籍，可以看出所谓"适合"儿童阅读的标准一直在改变。在《杜松树的故事》（"The Juniper Tree"）中，一位妇女将继子砍头且企图隐瞒，她用手帕将他的颈部和头绑在一起，拿一个苹果放在他手中，然后让这尸体安坐在门前的椅子上，好让她女儿毫无戒心地撞进来弄断他的头，如此就可以归罪于女儿。在《强盗新郎》（"The Robber Bridegroom"）故事中，一位年轻女子亲眼看见未婚夫和喝醉酒的伙伴杀害一名年轻女子，并且吃了她的肉。灰姑娘继母生的那些姊妹为了穿得下王子到处比对的小鞋，不惜削足适履，其中一人果然削到穿得下那双鞋，但是王子却看见她的脚流血不止。在佩罗《蓝胡子》翻版之作《捕鸟者的恶行》（"Fowler's Fowl"）中，格林兄弟忍不住详尽描述女主角发现丈夫密室的恐怖秘密："水盆里躺着她亲爱姊妹的尸首，她们显然被分尸了。"诚如女学者塔塔尔（Maria Tatar）所言，这种夸大的暴力旨在以戏剧效果表现受害者的苦难和恶棍的邪恶。这同时有助于阐明格林兄弟的目标，也就是厘清他们的教诲，提供儿童道德教育，为新兴的维多利亚式家庭（即核心家庭）提高德国中产阶级的价值：纪律、虔诚、以父亲为一家之主及顺服。

《小红帽》从性寓言转为家庭寓言

在童话故事兴起的风潮之下，小红帽便发展出新的性格。格林兄弟删除了法国版中暗示小红帽勾引野狼的情节，及佩罗版暗示的性道德。此时的小红帽代表维多利亚时代的儿童，故事背景则是新式的核心家庭，才智更加杰出的母亲劝告小红帽不要离开正路（佩罗版中并没有这项劝告），且故事中的猎人有父亲的权威形象——出面拯救。维多利亚时代的若干格林兄弟童话的版本，诸如《塔克爸爸的民俗小故事》（“Father Tuck’s Little Folk Series”）中，樵夫/猎人的形象不只像父亲，事实上正是女主角的父亲。前面提到的一个版本的最后一幕就是猎人带着老狗救了小红帽之后，小红帽跨坐在猎人的肩膀上回家。

当小红帽的故事从性寓言转为家庭寓言，且传遍全欧洲时，它也越来越强调基督教的信息。最原始的法国版《小红帽》旨在警告女性乱交的危险，格林兄弟的《小红帽》其寓言精神变为遭遇危险势必使人学会顺从。在瓦特·克伦著名的插画中，女主角身穿维多利亚时代中产阶级的服饰，而野狼则被描绘为披着羊皮。其中的《圣经》含义很清楚：女主角必须保持警戒，以免中了撒旦的诱惑。女人和儿童都在这个警告对象之列，因为在17世纪太阳王时代的法庭上，十二岁的小女孩已被视为成人，与维多利亚时代对女性成熟年龄的看法迥异。

红色连帽披肩反映当代妇女地位

我们有必要更进一步观察小红帽的衣着，以了解19世纪画家笔下的小红帽服饰与先前的大不相同。佩罗笔下的红色连帽披肩很小，且有时髦的紫色缎质发饰，这是16、17世纪贵族及中产阶级妇女的穿着。格林兄弟的女主角则并未穿着连帽披肩，而是戴了一顶小帽子，就像1847年版本的插画所示。

在“小红帽”故事传到英国之前，英国说书人并不知道她穿什么风格的衣服，也不知道她的名字，红披肩可能是英国当时农

1847年格林兄弟所写的《小红帽》卷头插图，
书中女主角从外婆那里得到一顶红帽

村妇女的典型服装，甚至是教会女圣徒肖像的衣着。18、19世纪的英国乡村妇女都穿着这种娴雅、连帽的披肩。这种披肩都是用羊毛做的，很保暖，价格便宜（对工人阶级来说，棉花太昂贵了），且经工厂双重加工过，非常耐穿。当时乡村流行深红色的衣着，因此红色连帽披肩变成英国少数几种传统服饰之一。事实上，这种披肩太流行了，以致在拿破仑战争期间，流传着许多相关的传奇故事，例如法军抵达英国的海岸时，误将岸边穿着猩红色披肩的成群妇女看成英军，因此取消进攻行动。许多艺术家都因画这种红色披肩而名垂千古，诸如莫兰（George Morland）、比格（William Redmore Bigg）和惠特利（Francis Wheatley），后者在1795年作的油画《天黑时回家的樵夫》，即描绘一个魁梧的男人偕同一个手中拎红色披肩的年轻女子。即使格林兄弟的童话选集是在十七年后才出版（这还不含德文被翻译成英文的时间），但这幅画的景象看来几乎就是在描绘小红帽的故事。

女主角的红色连帽披肩不只呈现不一样的时代，且代表不同的社会阶级、道德观和社会状况。19世纪中产阶级的年轻女性生活圈非常孤立，但渴望结婚。由于社会并不期待女人出去工作，因此她们变成家庭资源的消耗者，只受少许教育，且受教育的目的只是为了找到好对象；女孩从小学习烹饪，管理家务，男孩则与父亲学习做生意。富家女孩受教育的情形可从英国女作家简·奥斯汀（Jane Austen）1816年问世的小说《爱玛》（*Emma*）中看出端倪：“进入道地、实在、旧传统的寄宿学校”，女孩可能获得“相当程度的成就，支付合理的学费”，“也可能被送去对社会礼教（即女子无才便是德）没什么妨碍的地方，凑合着受一丁

惠特利的名画《天黑时回家的樵夫》

点儿教育，以免学成归来俨然是个神童”。

19世纪维多利亚女王时代的妇女地位有限，不仅可从简·奥斯汀的小说中看出，也可见于她本身的生活。与格林兄弟同时代的简·奥斯汀一直以无名氏的名义出版小说。1811年她以“一位女士”的笔名出版小说《理智与情感》(*Sense and Sensibility*)；1813年以“《理智与情感》作者”的名义出版《傲慢与偏见》(*Pride and Prejudice*)。维多利亚时代的女眷仿佛是多余的人，这种社会价值观塑造了简·奥斯汀的世界观，也使她个人的人生经验蒙上阴影。简·奥斯汀的父母生了八个孩子，其中只有两个是男孩，她的小说几乎清一色撰写有关女人的故事，小说中的女人莫不奋力寻找金龟婿。《傲慢与偏见》(在改编的电影中，剧中年轻女性就是穿着红色连帽披肩）最著名的开场白，即总结说这个社会让女性肩负不容怀疑的人生目标："大家都知道，拥有财富的男人必定渴望娶个老婆。"这些讽刺的文字放在探索情绪、社会和经济需求的小说开头，接着叙述女主角与姊妹们及其女性朋友的浪漫（或说一点都不浪漫的）爱情，强调维多利亚时代女性的苦境。未婚的女性仰赖父母过日，父母过世后，她可能陷入极端穷苦的困境。在《傲慢与偏见》中提到，家产只能由男性继承，直系女性亲属的继承权还比不过旁系男性表亲。只要女性一直未婚，她就会被困锁在原生家庭的保护和死气沉沉的日常生活中，只能不断缅怀童年往事。

在英国小说家特洛勒普（Anthony Trollope）的小说《尤斯德斯钻石》（*The Eustace Diamonds*）中，老处女奥古丝汀必须有伴护老妪跟在身边，以免受社会大染缸的污染，虽然她渴望独立，但"她的身份是个女人，就需要凡事顺服，即使已经过了三十岁依旧得如此"。中产阶级的单身女子可能变成女家庭教师，或受雇陪伴年老的富婆。富家女则是坐在家中等候金龟婿进门。结婚之前，她们只是"家中的小女孩"。但维多利亚时代却流行晚婚，因为男人经常得先开创财富资源，以便养家糊口。由于许多人移民到美国，英国本土的男人比女人少，许多女人嫁不出去，以致终身都得面临不被当作"成人"对待的窘境——在英国人的观念中，中年未婚的"老处女"仍旧是个孩子。

格林版《小红帽》宣扬维多利亚时代的家庭规范

格林兄弟的《小红帽》宣扬父亲的重要性及女人的顺服，这是维多利亚时代欧洲常见的家庭生活规范，猎人救美也反映了19世纪的父亲及丈夫形象——保护者。

樵夫/猎人抵达，剖开野狼的肚腹，这主题在佩罗版的《小红帽》中并没有；格林兄弟可能是借用另一个民间故事《野狼与小孩》（*The Wolf and the Kids*），这个故事中的受害者获救之后，野狼为贪吃受到严惩。沉重的石头放入它的肚腹，然后再将肚皮缝合。当野狼醒过来企图逃跑时，沉重的石头却使它倒地不起，一命呜呼。

格林兄弟也写过鲜为人知的第二种结局，这个结局是小红帽后来又遇到第二只野狼，但这次她已吸取了教训。她和外婆联手，不费吹灰之力设下陷阱除掉野狼。这个结局与维多利亚时代崇尚的柔弱女性气质大异其趣——小红帽和外婆足智多谋，而不是无助、幼稚、需要男人拯救。但是比这个教训更显著的是，格林兄弟列在故事最后面的跋文被删除了，以致至今无人知道他们写了后记。

由于格林兄弟将故事改写成快乐的结局，学者长久以来都认为，他们的《小红帽》是正宗的原版，比佩罗更能代表民俗故事的传统精神。直到20世纪才有民俗学者证明这想法错了。事实证明格林兄弟的版本及故事中的教训，可能与口传民俗故事相差得更远，就像《小红帽》原本是“三姑六婆讲的故事”（wives'tale），但后来这个英文名词的意思却转为“欺骗、谎言”一样。

第三章

外婆的故事

纳坦·贝利（Nathan Bailey）1721 年所雕的木刻书《箴言》，书中一名老妪正在走路

外婆的故事

凯萨琳·奥兰丝汀/英译

资料来源：1885年搜集的口传民间故事，采自法国民俗学者德拉吕（Paul Delarue）的译本及1957年出版的《法国民间故事集》。

从前有一位妇人拿着一些面包告诉女儿："将这些热面包和一瓶牛奶送去给外婆。"于是这个小女孩就出发了。她在十字路口遇见一个狼人。

"你要去哪里？"

"我带了一条热法国面包和一瓶牛奶要去探望外婆。"

"你要走哪一条路？"狼人问，"是针叶林那条路，还是插了许多木桩那一条？"

"我要走针叶林那条路。"

"那我就走有木桩那一条。"

小女孩边走边捡针叶作乐。这时狼人已经先抵达外婆家杀了外婆，将一些尸肉存放在食橱里，并将装其血液的瓶子放在架子上。小女孩抵达时敲门。

"门只要一推，就会开了，"狼人说，"大门只是用湿稻草绑住而已。"

"嗨，外婆，我带了热面包和牛奶给你。"

"将它放在食橱里。橱子里的肉拿去吃，架子上那瓶酒也拿去喝吧！”

等她吃这肉时，一只小猫说：“她是个龌龊的女孩，居然吃外婆的肉，喝外婆的血！”

“把衣服脱下来，我的孩子。”狼人说，“然后到我床上来躺在我旁边。”

“我的围裙要放哪里？”

“将它丢进火堆里，你再也不需要这条围裙。”

她继续一一询问，外套、紧身内衣、洋装、裙子和袜子要放哪里？狼人的回答都是：“将它丢进火堆里，你再也不需要这东西。”

“哦，外婆，你有好多的毛哦！”

“这样才容易保暖，孩子。”

“哦，外婆，你的指甲好长哦！”

“这样才更容易抓痒啊，孩子。”

“哦，外婆，你的肩膀好宽哦！”

“这样才容易扛柴火，孩子。”

“哦，外婆，你的耳朵好大哦！”

“这样才容易听清楚你说话，孩子。”

“哦，外婆，你的嘴巴好大哦！”

“这样才容易把你吃掉，孩子。”

“哦，外婆，我急着要上厕所！让我出去。”

“要尿尿，可以就地解决，孩子。”

“不，外婆，我想出去。”

“好吧，但是不要太久。”

狼人在她的脚上绑了羊毛绳，才放她出去。这个小女孩走出户外，便将绳子改绑在院子里的一棵李树上。狼人等得不耐烦了，问："你上完厕所了没有？你是在上厕所吗？"

当它发现根本没有任何回音时，就跳下床，却见小女孩已经逃跑了。它紧追其后，但是等它追到她家门前时，她已经安全进了屋子。

令人毛骨悚然的民间口传故事

几个世纪以前，法国偏远山区流传一个恐怖的民间故事，说有一个女孩吃了外婆的肉。故事是从森林开始的，这情节令人觉得似曾相识，在前往外婆家的岔路上，小女孩遇见狼人，或可说是恶魔。狼人知道她要去哪里，因此分手时，它走向插满木桩的路，而她则走进针叶林中的路。但狼人先到达她外婆家，杀了外婆，将她分尸，然后把血液装在瓶子里。女孩抵达后，吃了它放在食橱的肉和血，然后一一脱下衣服，包括衬裙和袜子，将它丢进火堆里，最后上床躺在狼人身旁。

1951年法国民俗学者德拉吕出版有关这个诡异故事的研究报告，他称这个民间传说为《外婆的故事》。这份报告的部分内容多年前曾刊登在学术刊物上，这是改写自民俗学者米利安（Achille Millien）手稿的文章，而米利安这篇文章的来源则是1885年左右从法国蒙提格尼-奥克斯-阿莫格尼（Montigny-aux-Amognes）地区的路易斯和布利法特（Louis and François Briffault）听来的。这故事听来固然奇怪，却不独特。德拉吕在研究期间发现法国境内和说法语的地区，有数十种这类民间传说，有些甚至已口传了好几代。它们各有地方色彩，但大部分故事内容都非常详尽，且其中有关谋杀的情节如出一辙。

更有甚者，在德拉吕搜集这些法国民间故事时，其他学者和采集者也得知欧洲及别处的民间传说。民俗学者卡尔维诺（Italo Calvino）将意大利阿布鲁左大区（Abruzzo）的《假外婆》（“The False Grand-mother”）故事纳入他搜集的《意大利民间故事》(*Italian Folktales*)中，这本书于1956年出版。但故事中的女主角经过一条河和城门，而不是森林，她遇见女食人魔而不是狼人，食人魔烤她外婆的耳朵，并炖煮外婆的牙齿，小女孩爬上床时，发现食人魔长得又高大又毛茸茸的，且有尾巴，很像法国的狼人。在亚洲，社会学家兼民俗学者埃伯哈德(Wolfram Eberhard)记录并分析了二百四十一个台湾民间故事，其中有的情节与前述法国蒙提格尼-奥克斯-阿莫格尼地区的民间故事很像，只是狼人换成老虎假扮祖母或姑婆的模样。它狼吞虎咽地吃下小女孩的几个妹妹，有些版本则说狼人将她妹妹的手指拿给她咀嚼。在中国民间故事《龙婆婆》中，母亲走进森林，野狼假扮成外婆进入孩子们的房间。在中国的民间故事中，有时出现的女孩不止一个，而是两三个，但无可否认的是，其他情节与法国民间故事一模一样。

这些口传的民间故事多半淫秽、令人毛骨悚然，主题不外乎吃人肉、不当的性关系、粪便、动物或魔鬼假扮人样，及在床上遭遇危险的强敌。这些故事大半缺乏童话常见的道德观——责备女主角，且大部分都含有一个更引人注意的要素，即女主角逃过一劫。在德拉吕的法国版故事中，女主角最后使用典型的巧计脱身。她知道自己上床有危险，因此假装要上厕所。有个令人印象深刻的版本描述，狼人要求她就在床上撒尿，她拒绝："哦，不，那会臭死的！"因此狼人用绳子绑住她的脚踝才放她出去上厕所。小女孩一走出户外，便解开绳子将它绑在树上。狼人领悟时紧追其后，但为时已晚，她已经安全逃脱。

《小红帽》的心理解析

这个举世一同的口传故事使人们对小红帽有了更深的领会，且更扩大了女性在民间故事中的角色。先前学者看到佩罗和格林兄弟所著故事中的女性，多半是愚蠢、活该受罚的，以为这就是传统民俗故事的典型特色。许多学者相信格林兄弟的《小红帽》是不受时代限制的故事，其详尽的内容显示它非常古老，或正是民间传说的原型。女主角的红色披肩尤其吸引学者注意。神话暨仪式学者努里（Emile Nourry）认为，这故事是在描述古代庆祝春天来临的仪式。他说，女主角的红帽象征五朔节被选为皇后的少女头戴花冠。民俗学者朗（Arthur Lang）则认为小红帽象征阳光、黎明或循环不息的春天。心理分析学界则由两位知名学者弗洛姆和班特海姆，以一般的性理论带来不一样的解析。根据弗洛姆的说法，这个故事代表集体潜意识的谜，这很容易解释，红帽象征月经初次来潮，女主角带的酒象征其童贞，她后来填进野狼肚子的石头象征不孕。

班特海姆的理论非常吸引大众，他认为《小红帽》最早可以远溯到拉丁故事《富饶的木筏》（*Fecunda ratis*），这故事是列日*的爱格伯（Egbert of Lieges）1023年所写的，内容叙述一个身穿红衣的小女孩被发现与一群野狼为伍。对班特海姆来说，红色的披肩永远都象征早熟：

---

*　今比利时东部省份首府。——译注

> 红色是激烈情绪的象征，其中也包括性方面的剧烈情愫。外婆送给小红帽的红色天鹅绒帽子，因此被视为象征性吸引力方面的早熟，也进一步凸显出外婆的老迈、多病，虚弱到无法亲自为她开门。“小红帽”的名字凸显女主角在这故事中的特质。这名字指的不只是那顶红帽小小的，且指女主角太小了，还不到戴这顶帽子的年龄。但是为了处理这顶红帽的象征意义，及这件衣服招致的诱惑，说书人还是为她编造了这件红帽披肩。

这样的解析令从小生长在心理分析风气笼罩下的这一代人相当着迷，且在崇尚普世主义（universalism）的学术界也很受欢迎。无论如何，在发现《外婆的故事》及其不同的版本之后，证据显示学者所坚信的“原型”主题——包括深受大众欢迎的《小红帽》，并非普世皆同，而且是最近才创造出来的故事，毫不具备任何代表性。更进一步地说，在新兴的民俗学方法论发展下，可以越来越清楚地看出其实佩罗早已大幅修改过原始的民间传说。据推测，格林兄弟后来撰写的《小红帽》，就是根据他1697年出的版本而作。

《外婆的故事》是《小红帽》原始版

民俗学者追踪故事的源头，就像科学家追溯物种进化的源头一样，都是借由搜集资料、测定年代、比较样本，及找出其间可能系出同祖的基因特质。对古生物学家来说，相对称的拇指或脊髓骨可以用来判断物种在种族世系谱发展史上的地位。对民俗学家来说，原型在代代相传的传说中，是不断被留存，且永远不变的小要素，足以证明故事出自何系统。这些要素可能是一个物体、人物或特殊的剧情发展，诸如在许多地区及代代相传的故事中，都听得到的一把神奇的钥匙、邪恶的后母或摩擦神灯。借由测定年代、比较故事、注意特殊主题最先出现的时间，民俗学者可以追踪故事的发展。

所谓“民俗科学”（这两个词似乎不适合并列在一起）是从格林兄弟开始的，他们是第一个记录故事的日期和来源的人（尽管其资料并不可靠），结果引发全球学术界效仿。格林兄弟1850年版的《儿童与家庭童话集》，后面附有相关书目，列举他们搜集到的数百个民间故事，其实这个书目始自1812年。格林兄弟在1850年版的前言中，宣称大部分搜集民间故事的外国专家都借书信或在其故事书的序文中，将编书的灵感归功于他们兄弟的影响。起初这些国际学者想起本土一些知名的故事时，发现格林童话集的内容目录或简短的叙述中，可以查出与其本土故事类似的情节，但随即认为他们需要用更好、更有系统的方法来研究，芬兰民俗学家阿尔奈因此成为“民俗学界的林奈”*。

20世纪初期，阿尔奈搜集大量故事，并依据他所判定的基本“原型”予以分类。他所著的《民间故事类型》于1910年出版，后来他的门生汤普逊于1928年扩大、补充最新的资料，使

* 林奈（Linnaeus Carolus），1707—1778，瑞典植物学家，二名分类法之创始者。——译注

学者能辨认、归类世界各国相关的故事。自此阿尔奈和汤普逊的“世界民间故事类型索引”已成为修习民俗学的大学生研究民俗的标准，且是最重要的民俗故事参考书。这个索引最奇怪，甚至滑稽之处在于对故事中那些无可捉摸的奇迹完全不在意。在这一片相互参照的书目和故事代码丛林中，你可以在代码333-H《背叛的猫》到334《巫婆的家》类型之间，找到《小红帽》，而代码333的参照类型名称很奇怪，叫作“贪吃者”：

> TT333：贪吃者“小红帽”。野狼或其他怪物会吃掉人类，最后被吃进它肚子里的受害者全被救出来。参见123、2027、2028等类型。
>
> 野狼的筵席：（a）借由假扮成母亲或祖母，野狼欺骗、吞噬了（b）它在路上遇见的那个小女孩。
>
> 拯救：（a）野狼的肚腹被剖开，受害者还活着；（b）它的肚腹被塞满石头，因此倒地不起；（c）它惊跳而死。
>
> 〔主题：〕K2011.野狼假扮成外婆，且杀害儿童。Z18.1你的耳朵为什么那么大？ F911.3动物吞噬人（但人不会因此丧命）。
>
> F913.受害者从野狼的肚子里被救出来。Q426.野狼的肚子被剖开，填满石头，以示惩罚。

想象你在就寝之前阅读这些资料，会是什么感觉！

虽然单一的欧洲观点和对格林兄弟的倚重，使阿尔奈和汤普逊的索引相当粗糙，有时甚至不可靠（诚如我们已经看见的，格林兄弟的故事并未如他们所称的那样具代表性），但是它却有助于清除枝微末节，使故事的骨干愈加凸显，使民俗学者能看清楚故事的世系谱从何处开始分歧。也许更重要的是，自从这本书出版之后，有一群国际民俗学者便开始从事无止境的记录工作，并将全世界的民俗故事加以分类。阿尔奈之后的民俗学者、历史地理学或纯粹的“芬兰学派”追随者，已编纂全球各区域的民俗故事分类索引，使阿尔奈和汤普逊的索引更加充实。德拉吕就是其中一位追随者，他在撰写《外婆的故事》时，同时完成法国本土的故事类型索引。

他与另一位民俗学者特内兹（Marie-Louise Tenèze）运用阿尔奈和汤普逊的分类表，将大约一万个法国及先前法属领土的民间故事加以归类。这项工作特别重要是因为它不只提供相关的民俗背景，且整理出世上最受欢迎之童话故事的口传历史。他们据此写成的《法国民间故事集》，包括《长发姑娘》各种版本的传说，如女主角邀请她心爱的王子爬上楼共度春宵（故事类型310），还有令人毛骨悚然的蓝胡子将他那些前妻的尸首挂在墙壁上（312），更愤世嫉俗的《灰姑娘》（510A和510B），淫秽版《睡美人》（410）。这些故事类型包括性爱、食人、强暴、乱伦、粪便、撒尿、鸡奸、欺骗魔鬼、愚弄神等。当然也包括三十五种口传版《小红帽》，这些都是证据，足以证明小红帽过去的面目被淹没了。

德拉吕所搜集的与《小红帽》同类型的一些口传故事，都曾受佩罗版的《小红帽》“感染”，也就是说，它们拥有像《小红帽》那样详细描述的主题，但学者发现这些主题乃是佩罗所创，而不是民间口传的情节；其他故事则没有这种情形。这些民间故事显然没有义务非写成文学形式不可，这显示在佩罗将小红帽故事写成书之前，早就有人传讲这个故事。这项发现使民俗学者一致认为早在小红帽尚未出版成书时，《外婆的故事》就是人们围在火堆旁传讲的原始版小红帽冒险的故事了。

历史学家的眼光

发现《小红帽》有姐妹版产生两种教训：①在不知其历史的情况下，强作解析是危险的；②检验更广阔的民俗故事模式是很重要的事。班特海姆和弗洛姆犯了第一个错误。熟悉《外婆的故事》的美国普林斯顿大学历史学家达恩顿，就毫不客气地总结弗洛姆的心理分析大错特错之处：

> 弗洛姆将那件（其实并不存在的）小红帽披肩视为月经的象征，并视那瓶酒为贞操的象征：因此母亲（不存在的人）劝诫她不要走小路进入荒野，以免破坏贞操。野狼则象征强奸犯。在猎人（不存在的人）救了那女孩及其外婆后，填入野狼肚子里的那几块石头（不存在之物），就成了象征不孕和破坏贞洁的报应。

相对于弗洛姆用普世论的观点作解析，达恩顿不啻是这故事口若悬河的发言人，他视这故事是历史文献，可借以考察历史。他在《屠猫记》（*The Great Cat Massacre*）的论文中，运用这种历史学的方法研究德拉吕和特内兹搜集的法国民间故事，他问："如果这些故事并不是从海外移入，而是从本土现实生活中衍生的呢？"透过这种历史专家的眼光，他从先前令人一头雾水的童话故事主题丛林中，抽丝剥茧理出令人着迷的洞见。

在人口过度拥挤、一般人都营养不良的法国旧政权时代，寒冷的冬夜里，不识字的乡下百姓有时会聚在火堆旁取暖，一边闲聊，一边工作，一边说故事。不是幻想式的故事，而是出自对现实生活的观察。民间故事不乏饥饿、杀婴和遗弃这类残忍的"杜撰"情节，这些事对乡下百姓来说都是非常真实的，因为农村土壤不肥沃，养不饱老百姓，生活往往成了一场与饥饿交战的战争。他们日出而作，日落而息，在毫无价值的土地上瞎忙，一年中吃得到肉的次数少得可怜。那些无法耕田的人就沦落为拦路强盗和妓女。养儿育女仿佛是赌俄罗斯轮盘，因此在童话故事中，继母常被比喻成家庭的灾难，这是当时法国农村常见的现象。继母的子女是家庭额外照顾的人口，就像灰姑娘那些恐怖的继姊妹们，直接和她争夺父亲的疼爱。在《外婆的故事》中，家眷都是一直住在家里的已成年子女，他们经常共睡一张床，尿壶就放在床下。在法国旧政权时代的农家，家人耳鬓厮磨、猥亵、乱伦的行为早就不是秘密。

雷同的情节在各地传说中出现

但达恩顿成效颇丰的历史观，却因疏忽而未能解释各种口传版《小红帽》故事中最异常的共通点：快乐的结局，女主角获得最后的胜利。这个结局并非只是附带的主题，相似的情节一再出现，显示它正是故事的要素。

民俗学者都知道，许多故事的类型或主题相同的诗文会反复出现在世界各地的民间传说中。有些故事的情节无所不在，甚至是普世一同。《圣经》中有洪水之说，在古巴比伦《吉尔格美什史诗》（*Epic of Gilgamesh*）中也记载巴比伦的洪水故事*，这史诗刻在公元前7世纪的石板上，而且大约在距今四千多年前就已经开始流传。世界各地也有不少关于寻找圣杯的民间故事，类似的神话英雄反复出现在世界各地的传统民间故事中。至于为什么会有这种现象，学者提出若干理论解释，有些学者认为，亚当、夏娃的传说是人类说故事的起源，甚至有人提出“神话基因说”（mythogenic），亦即故事一旦说出，就会传遍全世界。汇集印度民间故事集的《五卷书》（*Panchatantra*），据说于8世纪随着回教征服欧洲而进入欧土，有些学者认为印度《五卷书》就是当今各地各种民间故事的源头。另外，荣格派心理学家则相信“多元发生说”（polygenesis），亦即认为全球各地的民间故事雷同，乃是因为出自人类有共通的经验：我们全都拥有肉身和心灵，这些人性激起全人类共同的梦想和象征符号——荣格（Jung）称之为“原型”。但所有的解释最后都导向同一个结论：如果某个故事有其重要性，就会被许多人不断传讲下去，以至绵延流长，流传千古。

---

* 史诗中描述吉尔格美什寻找长生不老药的遭遇，其中提到古代的大洪水，有人认为诺亚方舟的神话其实就是从这时开始流传的。——译注

一如达恩顿的发现，只将焦点狭隘地局限在历史观点，会使整幅大图画变得模糊。法国君主政权时代特殊的生活细节，并不能解释为何类似《小红帽》的情节会出现在中国、韩国、日本或意大利的民间故事中。世界各地纷纷出现类似《外婆的故事》的传说，显示只要从故事的全球模式来看这个现象，或许就可以感受到口传故事或“三姑六婆的故事”，其实具有更宽广、古老、深邃的意义。

英雄的智慧之旅

童话故事常使用我们都很熟悉的故事桥段，或说模式，也就是人类学家甘纳普（Arnold van Gennep）所谓的“通过仪式”（rite de passage）。这种模式正是人生通过仪式的特征，人生的阶段诸如出生、死亡、青春期、启蒙或创业，尤其是后三项的仪式最具这种模式。这个模式会历经三个阶段：分离期，阈限期或孕育期，最后以新的外貌或身份重新进入社会。事实上，大部分童话故事最后的结局都是步入婚姻，这象征社交和性的成熟。

在受欢迎的童话故事中，女主角经常是被动、顺服的。睡美人、白雪公主和格林兄弟的小红帽，全都处于等候、睡觉或像死人般的状态，等着王子（或猎人、樵夫）来拯救她们脱离城堡、玻璃棺材或野狼的肚腹。许多研究指出，除了童话故事，这种模式较英勇的一面通常也都用在描述男孩和男人的故事上。

自19世纪末期就有人分析英雄神话或史诗，诸如心理学家荣格、维也纳心理分析学家兰克（Otto Rank）、英国民俗学者拉格伦（Lord Raglan）及最著名的美国神话学家坎贝尔（Joseph Campbell）。坎贝尔观察全球各地都有以下这类英雄传说，如西修斯*、奥德修斯**、释迦牟尼、雅各、摩西、天行者路克***，甚至是耶稣基督。每一个英雄的化身都不一样，姓名也不一样，但他们的英勇节操一直是人们传颂不息的篇章。

当英雄庄严或奇妙地诞生，却被埋没在民间或一般家庭中，无人识透其才时，便造就了神话的开端。摩西刚出生不久就被装进篮子丢入河中，最后被埃及法老的女儿发现。耶稣是上帝的独生子，却被约瑟和马利亚抚养长大。伊迪帕斯王子一出生就被丢弃，以免人面狮身者预卜他杀父的预言成真。毫无疑问的是，年轻的英雄可能很天真、自负或自我怀疑，却前途无量。种种线索显示他们有伟大的使命，例如超乎凡人的坚强毅力或技能，好比年轻的大卫在登上王位之前，曾打败巨人哥利亚；超人年幼时曾单手举起汽车，拯救母亲脱离车祸的危险。尽管幼年就有这种不可思议的预兆，但是直到成年初期，英雄才会真正踏上英勇救难之旅，证明自己的能力。他会鼓起勇气对抗父亲，就像希腊神话中的主神宙斯大战巨人克罗纳斯，解救身为众神的其他兄弟姊妹，使他们得以再次统治奥林匹斯山。最后英雄将面临死亡，被挂在十字架上或变成天上的星辰，但是在此之前，他已通过一切考验，完成他的使命。简而言之，神话丛林中各家英雄好汉的传

---

* 希腊神话中消灭怪物的英雄。——译注

** 荷马史诗《奥德赛》的主角，长期从事冒险旅行。——译注

*** Luke Skywalker，自幼是孤儿，长大后务农，但十八岁时成为反抗军的救星。——译注

奇如出一辙，英雄的一生堪称“智慧之旅”。

英雄之旅的主要情节，就是考验勇气。英雄追寻自我的过程充满危险，却前途无量。他会遇到恶魔、食人魔或巨人，死亡如幢幢黑影笼罩，或者下到阴间。“通过考验”太重要了，这是“英雄”的同义词：诸如奥德修斯在三十年的人生旅程中，曾去过冥府，遇见希望战士和已故英雄的鬼魂；英雄可能遭遇“黑暗原力”（dark side），这个词汇是电影《星球大战》（*Star Wars*）导演乔治·卢卡斯（George Lucas）所运用的，他与美国顶尖神话学家坎贝尔会商，并按坎贝尔的意见安排这部史诗般的电影剧情。所谓“黑暗原力”不只象征身体的危险，且象征心魔、怀疑和软弱。

英雄之旅的基本功课就是自力更生。《星球大战》的男主角天行者路克对抗难缠、恶劣的父亲黑武士时，尤达、欧比王肯诺比或其他的良师益友们都没有出面帮助他，全凭他个人力量打败父亲。英雄总是得独自通过考验。这些旅程会使他在许多方面变得有智慧、成熟，亦即坦然接受对家庭、部落、国家或上帝的责任。

神话颂扬男人，童话关注女人

当然，童话并不是神话。神话的范畴神圣、庄严；童话则特殊、世俗化且具有地方风味。坎贝尔观察发现，神话英雄的成就具有世界历史方面的意义，代表全人类的胜利（宏观）；而童话的主角则通常都只是赢得国内的胜利（微观）。更坦白地说，也许神话倾向于颂扬男人的成就；而童话，至少今天最家喻户晓的那些童话故事重心则集中于女人。根据兰克的说法，神话英雄从不曾有过女性。坎贝尔早年的神话分析只局限于男的“英雄”，尽管他举的例子大部分都是女性，后来他承认分娩也是一种英雄式的行为。《外婆的故事》所依循的模式类似神话英雄经历智慧之旅的模式，也许女性故事的功课也是一样，通过自力更生的考验代表已经成年，甚至有英雄气概，不是吗？

事实上，《小红帽》故事的前身包含足以支持上述解释的古典隐喻和象征。一个女孩离家迈向阴森森的森林，超越社会规范，充满各式各样的危险，包括身体、精神和性方面的危险。她必须选择针叶林那一条路或是插满木桩的路——这是全世界女性初入社会仪式中常见的工具和象征符号。尤其是在法国，女孩长大后会被派去当缝纫学徒一年左右，有学者认为这很像是送女孩进社交礼仪学校，意味着她已具备性方面的成熟度。女孩遇见狼人，有些学者解释这是穷凶极恶的性危机。狼人可能是男性，也可能是食人魔，或象征母亲的压制——当母亲的保护变得妨碍女儿独立时，即形成压制。狼人或食人魔企图限制女孩，不准其离开床，她却解开束缚的绑绳悄然离去，这是“赢得独立”的古典隐喻（在各种不同的童话故事中，绳子的喻义相当有趣，也许隐喻必须断开的是脐带）。

就食人肉而言，德拉吕在许多版本的《小红帽》中发现这个主题，也许吃人肉象征老人将在年轻人身上获得重生。就更文学的术语来说，人的肉身带着祖先的基因，我们即是祖先的肉身，身上流着祖先的血。随着儿童逐渐出生、长大，祖父母则逐渐年老、过世。

缝纫词汇到处可见

《外婆的故事》中的女英雄与佩罗、格林兄弟所著《小红帽》中被动的女主角形成强烈对比。为什么？也许是因为故事来自不同的作者或说书人，线索可从故事的内容看出。在《外婆的故事》中，女孩在针叶林*和木桩**的岔路遇见狼人，这不是天外飞来的一笔，许多口传版的《小红帽》都有缝纫的用语，其实缝纫的词汇在留存至今的童话故事中到处可见。诸如：公主在拿东西丢向坏猫时总是会撞到纺车或织布机，睡美人在纺锤上扎破自己的手，或是将稻草织成黄金的故事……出现这些缝纫专门用语绝非偶然。

由于今天很少有人自行缝制衣物，也少见纺织布料，因此很难了解人类历史上有一段很长的时间，世界各地都是靠妇女纺纱做衣服的，法国也不例外。17世纪时，纺织品是法国国家工业的代表，纺织是爱国的责任，可以使得人数越来越多的国军有衣服穿。纺织工厂通常都设在孤儿院旁边，受刑的人或住院的妇女会被送去纺织，社会也期待妓女休闲时纺一些线，织得最好的妇女还会获得奖赏。农村妇女形销骨立不停地出卖劳力，她们借对话、聊天和说故事来消遣。妇女借说故事排遣工作中一成不变的呆板、无聊，在编织过程中留下工作的痕迹，直到说故事和纺织成为同一件事。

---

*　原意是别针。——译注

**　原意是针。——译注

《外婆的故事》显示当传说写成文字时，其内容是怎么改变的。佩罗、格林兄弟和拿破仑时代早期的童话书作者巴泽尔都将写故事的功劳归于女性消息来源：鹅妈妈、三姑六婆和周遭最丑的老太婆。但是他们的文笔却没有女作家的调调儿。其实，撰写童话故事的标准不同于德拉吕记录口传故事的标准，前者几乎只字不提女主角任何得意、成功之事。今天最为人知的童话故事都是近代由男人撰写、研究的，他们周遭的女人从未被视为长大成人，甚至到了中年尚未出嫁的女人都被视为“家中的女孩”。

在这样的情况下，有趣的是达恩顿在有关《外婆的故事》的论文中虽具洞见，却未考虑德拉吕记录的快乐结局：小女孩斗智逃脱。这个结局出现在法国许多口传版和其他国家各种版本的《小红帽》故事中，显示这结局是《小红帽》广泛意义的基础。但是达恩顿对这个故事的兴趣在于历史文献，因此未注意到更宽广的要素。这些要素不是故事的一部分，正如它们经常被踢出历史一般。

第四章

真有其人其事的狼人

狼或狼人攻击人，1516年德国作家凯泽伯格（Johannes Geiler von Kaiserberg）所著《狼人》（*Die Emeis*）中的插画

狼人施图贝·佩特受审

资料来源：有关狼人施图贝·佩特之罪行、审判和刑罚故事的重新修订版，于1590年由高地德文被译为英文，译文资料出自伦敦南区朗伯斯皇家图书馆（Lambeth Palace Library）。

这个传说是真人真事，
施图贝·佩特的生与死都可诅可咒，
这个邪恶至极的男巫，衣冠禽兽，
犯下许多谋杀案，
长达二十五年持续杀害、吞噬
男人、女人和小孩，
他风度翩翩、颇有身份地位的样子，
城里各行各业值得信赖的人都知道，
也看过或风闻他的事。
这些恶行使他于10月31日
在德国靠近柯林市（Collin）的贝德布尔镇（Bedbur）
遭处决。
这是从高地德国传出的翻译故事*
由柯林市出版，

---

* 高地德国即指德国中南部。——译注

于1590年6月11日

被乔治·波尔斯（George Bores）带入英格兰，

乔治也风闻、眼见这件事。

此书在伦敦

为爱德华·威巨（Edward Venge）付梓，

准备在伦敦舰队街*，以葡萄藤的记号出版。

在高地德国靠近柯林市的克柏拉德镇和贝德布尔镇，有一个年轻人施图贝·佩特，从小天性邪恶，常施妖术，贪得无厌地使出可咒可诅的魔术，且酷爱耍弄恶毒的魔法、法术、亡魂招引术和巫术，因此结识许多阴间的鬼魂和恶魔。魔鬼早就等着被诅咒的佩特传出淫秽的举动，魔鬼曾应许他在世时心想事成、万事亨通。从此以后这个卑劣的人就变得非常暴虐、残忍凶狠，动辄像野兽一样，以凌虐男人、女人和小孩为乐。魔鬼送他一条腰带，只要一扣上这腰带，他随即变成贪婪的狼，强壮有力、面目狰狞，夜里眼睛闪烁着火光，嘴巴又宽又大，还有尖锐的獠牙、巨大的身躯、强劲有力的爪子。一旦卸下腰带，就立刻变回原来的人形，仿佛先前从来不曾改变过一样。

施图贝·佩特感到相当满意。他有一个漂亮的女儿，令他垂涎欲滴，这淫猥的情欲极其强烈，以致他女儿为他怀孕生子；这个贪得无厌的禽兽同时玷污了自己的亲姊妹。而纵欲奸淫的罪却丝毫无法舒缓他残忍、血腥的心，他一直嗜血如命，一天不看到

* 英国报业的集中地。——译注

流血就无法称心如意。他有一个儿子，是他的第一个骨肉，但他却以杀子为乐。有一次他引诱儿子到森林野地，以观赏大自然为借口，等儿子往前走，他便变成野狼，狙击自己的儿子，极其残忍地将他杀害。然后当场剥开儿子的脑袋，津津有味地吃他的脑浆，满足他贪婪的胃。

邪恶的佩特连续二十五年做尽这样的坏事，这期间他杀害掠夺了无数男人、女人、儿童、羔羊、山羊和其他牛群，尽管高地德国的居民被迫接受这个事实，但其手段之残忍、恶毒依旧超乎想象。柯林市、贝德布尔镇和克柏拉德镇的居民经常在田间野地发现男人、女人和小孩残缺的尸块、手脚，令人毛骨悚然、忧心忡忡。

值得一提的奇妙事情是上帝终于显出他的大权能和慈悲，以安慰每个信徒的心。不久前有一群儿童在草地玩耍，当地也放养了一些牛羊，突然这个邪恶的禽兽现身，抓住一个小女孩的衣领，准备扯破她的喉咙。幸好上帝这时显威，佩特一时无法刺穿小女孩的衣领，于是将小女孩举高。他全身肌肉紧绷，紧紧捏住她的脖子，其他儿童吓得四处窜逃，牛群也大受惊吓。由于牛群害怕小牛犊会受到危害，以致群起攻击佩特，他被迫丢下手中的小女孩，逃避牛角的攻击，小女孩因此从鬼门关被救回来。上帝是应当被感谢的，他直到今日都是又真又活的神。

这个传说是真实的，住在伦敦市普宾瓦夫区的酿酒商艾提恩（Tyce Artyne）是德裔移民，拥有良好的名声，他的见证值得信任，何况他是那个小女孩的远房亲戚，两次收到家乡寄来的信都提到小女孩险些受害的事。看了第一封信，他怀疑此事的真实性，看了家族亲人在他要求解释之下寄来的第二封信之后，他才相信真有这回事。伦敦各行各业值得信赖的人也都从朋友间收到信函，谈论这件事。

这件事的证人如下：

艾提恩、威廉·布鲁尔、亚宾夫·史塔德、乔治·波尔斯，尚有其他未具名的见证人。

野狼故事的前身

施图贝·佩特于1589年在德国贝德布尔镇受审的消息轰动全欧洲。他被凌迟处死之后，随即有人出版一本小册子描述他的诸般罪状。根据书中记载，佩特坦承多项不贞，强奸，与女儿、亲姊妹乱伦，谋杀儿子且吃其脑浆，攻击羔羊、绵羊、山羊、牛、人类，并生吞其血肉的罪行。他也坦承与魔鬼立约，容许魔鬼利用腰带将他转化为野狼。

或许因为佩特的故事牵强附会，令人难以置信，因此这本小册子搜集了许多邻居和目击者的见证。有些人指称在田野间看见人类的残手断脚，住在伦敦市普窦瓦夫区的德裔酿酒商艾提恩也坚称，收到乡亲的来信，证实他有一个亲戚的小女儿在佩特住家附近遭其攻击。当时流传的八集图画故事书中，有木刻版书的插图描绘佩特是抓伤受害者的狼、遭镇民追捕、遭刽子手用令人毛骨悚然的手法凌迟，最后在万圣节当天被斩首，首级被高挂在柱子上，尸首四周摆满十六名受害者的雕像，此外他无头的尸体和女儿、情妇一起被绑在木桩上焚烧。这些景象或许可以警戒人与魔鬼立约之前要三思。

佩特的故事与今天流传的《小红帽》童话故事形成强烈的对比。我们所知道的《小红帽》，若干残酷不忍卒读的部分已经被历代的编辑清理过。现代版的这个童话故事，女主角被樵夫/猎人所救，他用刀或剪刀剖开野狼的肚腹，救出仿佛做了一场噩梦的小红帽。如深孚众望的儿童心理学家班特海姆所言，遇见野狼只不过是暂时的挫折，象征着梦魇，这是探索童年恐惧心理或幻

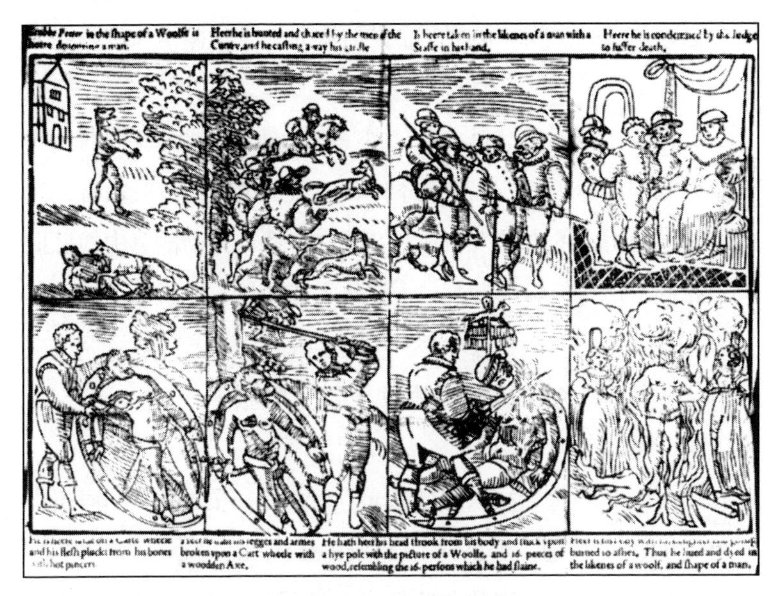

1590年出版的小本故事书，描绘狼人施图贝·佩特作恶、受审和受刑的景象

想的手法，或者只是一种具有娱乐效果的震撼冲击，让女主角和读者很容易就能释怀。大难不死的剧中人物，结局通常都会享受一顿轻松的美食或美妙的音乐，譬如剧作家托马森（Caroline Wasson Thomason）1920年的儿童剧，女主角和外婆经历一场浩劫后，与几个仙女一起高唱《马赛进行曲》*。

甚至连最早佩罗版的《小红帽》，都没有特别令人不安或凶暴的情节，尽管故事中的女主角最后死了。那一版的故事主旨不在叙述血腥的场景，而在于描绘野狼的性吸引力，它成了迷人、英俊的男人，是经常出入仕女沙龙的常客，专门勾引、摧残上流

* 今法国国歌。——译注

社会名媛淑女的贞操。佩罗笔下的野狼是一个危险但风度翩翩的男人。

就像《小红帽》有其前身《外婆的故事》，这个口传的民间故事内容与文学版的内容极其不同；野狼的故事也有其前身，而佩特却是历史上的真实人物，其意图和本性与童话故事中的恶棍大不相同，历代编辑都删去其中惨无人道的情节。

为什么童话故事少不了野狼？

意大利文“童话故事中的野狼”（lupus in fabula）一词相当于英文的“说魔鬼，魔鬼到”（Speak of the devil）。一如这个词的含义所示，童话故事的角色经常包括野狼，因此一说起故事，少不了要提到它，如小红帽就爬上床，和一只野狼共枕。俄国作曲家普罗柯菲耶夫的交响曲《彼得与狼》，就提到狼在吞下一只无助的鸭子之后，被彼得抓住；三只小猪跑进砖屋躲避野狼的攻击；但是七只小羊却被野狼吃了一只，最后才从野狼的肚子里被救出来。狼还出现在许多受欢迎的童话故事中，包括《伊索寓言》、法国17世纪知名寓言诗人拉·封丹（La Fontaine）的寓言诗、罗马神话故事《雷摩斯》（“Uncle Remus”）等。但是，为什么狼会成为民间传说故事中无所不在的角色呢？

并非全世界所有的文化和传统都将狼视为魔鬼。事实上，有许多民族的传统认为狼是英雄的象征。英国作家吉卜林（Rudyard Kipling）所写的《丛林奇谭》（*Jungle Book*）中，有一位名叫毛格利的印第安男孩，就是由野狼抚养长大的。古罗马建国者罗慕勒斯（Romulus）和他的孪生兄弟雷摩斯据说也是由一只母狼抚养长大的，意大利各处的壁画和镶嵌工艺都将这只母狼描绘为人类的照顾者、保护者，因为这两兄弟后来创立了罗马帝国。由于狼也与罗马神话中的战神有关，因此古罗马人认为开战前看见狼是打胜仗的征兆。美洲土狼很受当地人尊敬，甚至尊崇，19世纪时，印第安人夏安族（Cheyenne）就称最受崇敬的战士为“小狼”。挪威战士上战场时，会穿着狼皮的战袍来壮胆。中国的元太祖成吉思汗声称，他是上苍“拣选的狼”，从天而降，投生在人间。

但是也有许多民族认为狼是掠夺者，而绵延密布的森林和饥荒使人类与狼的冲突日益升高，于是狼在传说和律法中变成恶名昭彰的角色，被认为有着邪恶的内在，并且是恶魔的外在表征。在这些地区，狼遂成为农民生活艰苦的象征。农夫俚语中所谓的“狼在门口”，意指一穷二白和饥馑；贪婪的地主是“狼”，威胁农民的生存。狼不只象征世俗生活的不幸，且意味着精神上遭遇危险。传说巫婆不只骑着扫帚飞行，也会骑着野狼。中古世纪欧洲的动物寓言集记载，恶魔“长相似狼，常用它邪恶的眼神监视人类，在忠实信徒的周围暗中四处巡游”。在《圣经》中狼成了魔鬼的化身，耶稣的《登山宝训》提到：“你们要防备假先知，他们到你们这里来，外面披着羊皮，里面却是残暴的狼。”

16、17世纪时，欧洲若干地区，尤其是今日法国的乡村地区，常有野狼攻击人的传闻。法国东部的多勒法庭命令农民守卫田庄，并颁布旨令教导村民如何对付野狼：村民应该到教堂敲响钟声，召集众人到教会聚集，而那些不来聚集的人很可能就是狼的化身。在这些地区，所有关于狼的抽象传说都变成令人惊恐的现象。一如法国古代森林小镇之间口耳相传的《外婆的故事》，也提到农民饱受狼人肆虐之苦。

狼人之说绘声绘影

描述施图贝·佩特诸多罪孽和对他的刑罚，以及读来令人毛骨悚然的小册子和纸张，全都收藏在伦敦朗伯斯皇家图书馆。伦敦舰队街曾经贩卖过一本封面以葡萄藤为记号，内容描写五个真人真事的故事书，施图贝·佩特的故事就是其中一个。由于当时这本小册子与其他类似的故事书广为流传，佩特的故事和报应遂名闻天下，至少引起折中派学者的兴趣。尽管佩特受审的消息轰动一时，但是他造的孽在人类历史上却不是新鲜事。事实上，当时某些地区似乎常见这类令人毛骨悚然的罪恶。

1575年1月18日，五十多名证人在多勒法庭作证，供称狼人加尼尔（Gilles Garnier）在附近的葡萄园里吞噬儿童。加尼尔在未被刑求下坦承杀了一个小女孩，用手和牙齿撕裂她的肢体，吞噬她的大腿和手臂，并将剩下的一部分尸体带回家给妻子享用，法庭宣判将他活活烧死。圣克劳德大教堂的审判官博盖（Henri Boguet）曾于1598年记录一个狼人家庭遭到的各项指控。狼人父子入狱后，趴在地上咆哮，但是形体并未改变成狼；博盖写到，这也许是因为在监狱中他们并没有魔法膏药，所以变不了身。同年，巴黎有一名裁缝被控谋害儿童，且有恋尸癖，因此被判处焚刑，众人视他为狼人。1599年2月25日，法国包姆勒依斯市有一名男子韦尔瑞（Jacques Verjuz）被控与母亲同床，且因施行巫术和变成狼形等罪名而遭放逐，他后来向多勒国会提出上诉。1603年，十四岁的波尔多市民格勒尼耶（Jean Grenier）坦承吃狗肉和人肉，且打死一名小女孩。

1865年，有一个神职人员兼秘术研究学家巴宁古德（Sabine Baring-Gould）重解格勒尼耶的故事，他分析了包括当时众所熟知的解释：格勒尼耶声称是膏药和狼皮使他转变为狼的形体，此案的证据包括当地有些儿童突然失踪，且有人发现儿童残缺的遗骸，也有人见证曾遭狼人攻击，这与当时流传的若干个案情节不谋而合。但是格勒尼耶的审判是个例外，至少审判结果很让人意外。最高法院判定他心智不正常，因此取消死刑，将他遣送修道院，这项宣判与喧腾一时的舆论背道而驰。

不论如何怪诞和不真实，这些绘声绘影的狼人受审记录，将鬼魅传闻越描越黑，使16世纪人们心中的鬼影更加扩大。今天这些记录读来仿佛低俗的小说，尽管相关的各种传说有些微差距，但四百年前这却是代表民众广泛信念的合法意见。当时欧洲杰出的、受景仰的法官莫不听说过此案。博盖是一位学者，他广为人知的著作《论巫术》（*Discours des Sorciers*），于1590年到1611年间多次再版。当时他是一个执业法官，这本著作记录了他认为可靠的第一手和第二手狼人传说。国王、僧侣和医生均争议世间是否真有化人为狼的巫术。对博盖而言，那是一种精神错乱的症状，当事人和受害者都有幻觉。克拉默（Heinrich Kramer）及施普伦格（Jacob Sprenger）合撰的《女巫之锤》（*Malleus maleficarum*）一书成为15世纪的猎巫指南，该书认为人会变成狼乃是“巫师施魔法之故”。法国知名法学专家博丹（Jean Bodin）相信人会变形成动物，当时的高级知识分子均无法认同此说，但欧洲许多农民都相信确有其事。例如，1541年在意大利东北部的帕度亚，有一位曾经攻击并杀害许多人的农夫就因狼皮而事迹败露，坦承自己是狼人。16世纪广为流传由韦耶（Joham Weyer）所著评论猎巫的著作《妖术》（*De praestigiis daemonum*），即描述欧洲民众对魔法的反应：“村民拿着刀剑对着疑似狼人的那个人，猛砍他的手脚，企图借此解开此谜。当他们发现这个人是无辜时，便将他送到外科医生那里救治，但他挨不了几天便一命呜呼了。”

最后，许多人相信魔鬼可能附在人身上，使人的行动像狼一样，或者有时魔鬼也附在狼身上。因此，如果人会像狼一样被处死，同样的狼也会像人一样被处决。撰写过有关狼之问题的洛佩斯（Barry Holstun Lopez）在1685年提到，有一只狼被认为是德国安斯贝克镇为人所憎恨的镇长化身，于是镇民追逐这只狼，杀死它，砍下它的鼻颚，为它穿上颜色鲜亮的衣服，戴上像镇长的假发和胡须，然后将它挂在广场上。

这类景象和故事提供了一个线索，显示当时民众的精神生活景况——漆黑寒冷的冬夜，民众围在火炉旁听故事，背后可能有一两只狼在嘶嚎。童话故事与读者现在的生活境遇大相径庭，但是对16世纪的乡下百姓来说，这类故事情节却是在他们家外面上演的戏码。《小红帽》不是无稽之谈的寓言，而是借真人真事警诫人们，故事中的恶棍是真实的人物，甚至可能是村民的邻居。

以狼人之名大肆铲除异端

到了佩罗首次出版《小红帽》时，至少在上流社会中狼人之说已退出流行。佩罗故事中的恶棍却结合了乡下百姓旧日的信念——它会走路，会说话，也一样会吃人。但是佩罗跳过法庭审判的那一段，转入童话的世界，狼或狼人就此转变为好色的隐喻。

也许是狼生性贪得无厌，导致人类将这欲望联想成对性欲的饥渴。狼会一次全部吞噬猎物，有时会把着尸首数小时舍不得离去。尽管它们接下来可能好几天不再吃任何食物，但是根据人类的观察，狼的胃口是疯狂、激烈的（无怪乎俚语说“狼”吞虎咽）。但是如果佩罗故事中的恶棍指的是能言善道、好迂回接近巴黎上流社会仕女，并进而成为入幕之宾的色狼，则这只狼与昔日传说中的狼人相反，过去的狼人是被遗弃者、社会边缘人，并以此警戒世人落入此境地的后果何其不堪。

人变体为动物的故事其来有自。普林尼*撰写过古代有一种民族是狗头人身，住洞穴，会像狗一样吠叫。希腊历史学家希罗多德也写到，公元前5世纪有一个称为“纽伦恩”（Neurian）的民族，每年都会有几天改扮狼形。中古世纪法国玛丽皇后的抒情诗中认为狼人乃是受咒语束缚的贵族。根据传说，狼人不忠的妻子将它的衣服藏起来（这衣服是它变形的媒介），以致它一直保持狼的形体变不回人身，唯有它良好的风度受到邻国国王的褒扬，且被视为朋友时，才会解脱咒语的束缚。

---

*　Pliny，罗马时代的学者。——译注

到了佩罗首次撰写《小红帽》的年代，狼人的传说已式微。但是他的故事却与狼人的传闻产生共鸣，甚至将狼人从法庭的场景转入童话世界。他笔下的狼人会说话、走路、吞噬女孩——就像这幅18世纪版画呈现的情景一样

但根据创作年代约为耶稣在世年代的罗马诗人奥维德（Ovid）的说法，狼人并非文明之人，而是丢脸的动物。奥维德写到，希腊国王力卡翁（Lycaon）在偏僻的内陆地区阿尔卡迪亚实施教化，下令人民祭拜希腊万神殿的主神及上天之神宙斯。但是力卡翁在敬拜方面却十分怠慢，令宙斯非常不悦。有一天宙斯

下凡拜访他，力卡翁国王和众王子欢迎宙斯的光临，但他们舍不得放弃考验宙斯全知能力的机会，于是设计了一个令人毛骨悚然的计划。他们牺牲其中一个王子尼克提莫斯，将他的内脏与炖煮的绵羊、山羊肉混杂，然后端给宙斯享用。宙斯不是一个笨蛋，这难道还需要说吗？他极其愤慨地猛力将这碗食物扔到地上，转身将力卡翁国王及众王子变成狼，并救回尼克提莫斯的性命。接着宙斯便展开如《圣经》所述的洪水之灾，以洗净人间的罪恶。

奥维德所说的这故事成为“狼人”（lycanthrope）这个词的起源，并让我们洞悉在欧洲尚未开化时，狼人一直具有什么样的社会意义。根据《圣经》，亚伯拉罕愿意牺牲独生子以撒，以证明他对上帝的信心，他完全的顺服正是维持社会秩序的榜样。耶稣也是为了维护或者说是恢复人与神之间的关系，而牺牲性命。但是在奥维德所说的这则希腊神话中，牺牲的用意却是相反的。力卡翁国王牺牲儿子是为了考验宙斯的全知能力，这意味着他对宙斯缺乏信心。他的罪过象征人类自负至极，及亵渎神之深——以怀疑为背叛。力卡翁国王的罪大到全人类必须为此被歼灭，因此力卡翁象征着最初的“敌基督者”——相对于“基督”为人类的罪而死，以避免人类遭灭绝的命运。在这个故事中，狼人成为标记社会和宗教秩序界限的角色，并将品行在此界限内外的人区分开来。

施图贝·佩特受审时，正值天主教在欧洲审判异端之际，13世纪时教皇英诺森三世设立教会法庭压制异端。其继任者继续铲除异己，对象包括新教（即今基督教）、神秘主义、学者和西班牙天主教，甚至也迫害犹太人、重婚者、通奸者及放高利贷者。1580—1650年间，全欧洲弥漫着一股巫术恐慌症。自白是罪行最可靠的证据，而拷问、刑求成了取得自白最稳妥的方法。不用说，当时自白人数之多可见撒旦掌权，使人“犯罪”之势无法抵挡。有时政府当局甚至需要将一大批人一起执行死刑，以节省人力和时间。

就狼人的部分来说，法庭常有这类审判，但当时适值欧洲教会审判异端风起云涌，因此难免夸张声势。施图贝·佩特所犯的罪行，包括强奸、乱伦、谋杀和食人肉，全都是“一般”死刑之罪，但是他却被冠上与魔鬼结盟的罪名，干犯无可理解但不问自明的重罪（民事法庭也采用教会审判异端的那套论点）。这些论点似乎无可怀疑，却有可怕之处。就像力卡翁国王的命运一样，狼人成了杀鸡儆猴的教训，是控制当时欧洲与世隔绝的乡村地区的方法。被控有罪的人必须在众人面前游街、当众受刑罚，以示警诫。他们所受的刑罚一如他们残杀受害者一样残酷，且借此扩大其罪名，证实其罪责；详述狼人兽欲暴行及恐怖死刑的小册子流传全欧洲，引起害怕与疑惑，以此鼓励大众遵从社会规范。

在这些审判风声鹤唳之际，任何男女违反社会规范，都会被控告为巫婆或狼人。具备性知识或有性吸引力的女人经常成为众矢之的，包括接生婆、寡妇、不孕妇女、寻求或提供堕胎的人、令男人销魂的美女或导致男人性无能的女人。事实上，《女巫之锤》书中便是用“遭人施加巫术”来形容男人性无能的症状。同时，狼人也象征偏离正轨、没有结果的性爱。狼人绝大部分是男人，鲜少是女人，通常被疑为狼人的男子都活在社会的边缘，诸如乞丐、独行侠、隐士（譬如加尼尔）、罹患心理疾病患者或其他遭社会遗弃者。由于这些男人活在社会所允许的身体或心灵界限之外，因此一般人误以为他们与魔鬼亲近，且旨在败坏人类的生存。狼人会做出强奸、乱伦、食人肉和同性恋等行为。就像施图贝·佩特一样，这些狼人是奸夫，会奸淫子孙并将他们吞食入肚，根据若干记载，他们是魔鬼的化身；有些则是巫术的受害者，施加咒语在他们身上的巫婆才是魔鬼的化身，而这些人经常攻击小女孩。

狼人的故事是与《小红帽》有关的道德故事，但它们却非常不同。狼人的教训不是给处女的，而是给那些身在社会边缘的乡下人。故事的宗旨不在于你会遇见什么人，而在于你可能遭遇什么样的结局，这无疑是在警告那些隐士、被遗弃者或一般的乡下人，要正当行事。

恶棍人神同形同性论

如今《小红帽》中的恶棍已不像昔日口传故事中的狼一样具有魔法，但偶尔也可见这类情节浮上台面，当我们读到这样的叙述时难免惊讶，且觉得似曾相识。1801年出版的《恐怖故事集》（*Tales of Terror*）中也有一些奇怪的故事，包括残酷血腥版的《小红帽》。该版中的野狼不是将小红帽及其外婆吞入肚腹，稍后尚可完整无缺地被救出来，而是将祖孙俩撕碎、分尸，且显然吃得津津有味。先是外婆：

它用石头敲破她的脑。
啃食她的肌腱、咬碎她的骨头；
咀嚼她的心脏、畅饮她的血，
几乎吃光她的躯体、撕裂她的肝脏！

1808年版本中的插图显示野狼奋力取出小红帽外婆的内脏

1808年版本中的插图显示，野狼用力、血淋淋地取出小红帽外婆的内脏。

当小红帽悄然抵达外婆家时，她遭逢令人伤感落泪的际遇。

> 大野狼饥肠辘辘，垂涎欲滴地磨牙。
> 隐隐发光的眼睛闪烁着怒气，
> 张开的双颚满是鲜血，
> 它扑到小红帽身上。
>
> 它一口两口地撕裂她的肚肠，
> ——“小女孩，我将吃掉你！”——
> 但是当它继续撕咬第三、第四口时，
> 小红帽已不再是个小女孩！

谋杀、分尸、恶棍的人神同形同性论，这些情节不啻使《小红帽》里的大野狼像是酿酒商艾提恩之见证的夸张版，他收到德国家乡寄来的信，说亲戚有小女孩被施图贝・佩特抓伤、杀害。

古怪的文字叙述同时让人想起狼作恶的历史。有些古老的英国版《小红帽》提到恶棍是一个“乡下老头子（gaffer）般”的野狼，或“众人闲话中”所说的狼，叙述施图贝・佩特故事的小册子提到狼人的情妇时，也用“众人闲话中之狼”。就语源学的角度来看，这两个词显然有很近的关系。*这些词可以用来单指老人，但是民间传说中的用词难免含有多种意思。就这个例子而言，它们很可能是乱伦的遗迹，乱伦案例在审判狼人的法庭上屡见不鲜。这个观念或许有助于厘清《小红帽》故事中令人疑惑的部分，即为什么小红帽会在森林里和野狼说话？后来她又为什么误以为它是外婆？如果就众所周知的狼人癖性来说，故事中这只恶狼会不会被小红帽误认为是外公呢？这一点或许可以解释为什么各种版本的小红帽，遇此情境丝毫未怀疑，也未惧怕。要不然她会预料外婆的床上可能躺着其他什么人？

在佩罗和格林兄弟过世后很久，象征邪恶和魔鬼的狼人才有机会改换形象。到了20世纪，狼人肉体的情欲越来越变为象征男人的英勇，甚至是男人味的本源。狼人也变成好莱坞知名影星朗・钱尼（Lon Chaney）在电影中所扮演的有胸毛的浪荡子——恐怖、热情、着迷于与女人约会；而小红帽危险的敌手则变成毫无恶意、吹着口哨的小狗。

---

* 英语中的“教父”（godsibb），是由“神”（god）和“亲戚”（sib）相连而成的，“亲戚”原始的意思指儿童受洗时的见证人。同样的语源衍生出“兄弟姊妹”（sibling）这个词。“乡下老头子”则据信是祖父（grandfather）或教父（godfather）的缩写。

第五章

20世纪的小红帽

这是1962年出现在《纽约客》杂志里的汽车广告，
标题为“开着我的小红‘赫兹敞篷车’去外婆家”

小红帽

罗伯特·布莱克威尔（Robert Blackwell）/作曲

1966年法老合唱团/主唱

资料来源：法老合唱团1966年唱片专辑《小红帽》

呜呜呜呜……

谁在森林里行走?

为什么，是小红帽

嘿，小红帽来了

你实在漂亮

你是大野狼想要的再好不过的猎物——听我说

小红帽

我不认为小女孩应该

独自一人走进森林

呜呜呜呜……

你的眼眸好大

这样的眼眸简直令野狼心荡神驰

看，一路上你并没有被追逐

我觉得应该陪你走一段

你的双唇多么饱满温润

这必然引起歹徒觊觎

因此你抵达外婆家之前

我想我应该陪你走，以策安全

我将披上羊皮

直到我确定你相信

我值得信赖，可陪你走这一趟

呜呜呜呜……

小红帽

我巴不得拥抱你

但你可能认为我是大坏蛋，不可以抱你

呜呜呜呜……

我的心好大

可以好好爱你

小红帽

即使是恶狼，也可能有善意

我将试着满足你

只挨着你身边走

也许在抵达外婆家以前

你会知道我的行事为人

嘿，小红帽来了

你实在漂亮

你是大野狼想要的再好不过的猎物

呜呜呜呜……

我的意思是，叭叭叭叭叭！

叭叭叭叭叭？叭叭叭叭叭！

小红帽在夜总会登台

当格林兄弟将《小红帽》转化为19世纪维多利亚时代的儿童故事时，女主角已变成纯洁的化身，完全脱离早期法国版所描述的那种淫荡气息。直到20世纪小红帽才改头换面，重新包装形象，她可以说是在传奇漫画家埃弗里笔下获得重生的。埃弗里将这个女主角和野狼从欧洲森林转移到好莱坞的夜总会，并将这个童话故事转化为描述美国男女情场追逐战的动画片。他在1943年发表的《小红帽》中，将这个传统上一直被描绘为长相甜美的女主角，变成象征好莱坞的脱衣舞娘，但是在佩罗17世纪的原始版本中，内容正是旨在警告世人乱交的危险。

美国版的《小红帽》始自好莱坞和葡萄园，后者是美国历史上最著名的夜总会传奇地点。野狼盛装打扮，戴着高帽子，身穿燕尾服到场，准备享受痛饮狂欢之夜。而外婆的屋子则变成街角的妓院，这一幢高级阁楼公寓外面还点着霓虹灯，写道："外婆的店——来看看我。"（手状霓虹灯不停闪烁摇摆，仿佛在招揽客人上楼捧场。）另有别致的"落日脱衣夜总会"打着广告，声称店里有"三十名全裸的舞娘"，小红帽浓妆艳抹、披着红色连帽披肩，站到舞台的聚光灯下，她迅即脱去披肩，篮子也抛出去，这时已是"儿童不宜"了，小红帽展露健美丰满的身材，只穿着短短的红色无肩带内衣。她开始劲歌热舞起来——"嘿，爸爸，你最好为我预备上好的礼物。"野狼坐在观众席，听到这歌立刻心绪狂乱。它又吼又叫，拍手，吹口哨，背景音效甚至使用掌声和吹口哨的机器来为它的激赏助兴。"嘿，爸爸！嗨，有爪的家伙！爸爸说现在……”小红帽继续唱，且不停摆臀扭腰。野狼看得眼睛简直要突出来（不夸张，野狼这双眼睛早已飘到舞台上），它的舌头像红地毯般伸长，禁不住站起来，全身血脉贲张地看着小红帽演出。

小红帽按惯例歌舞完毕，野狼伸长了手臂，迅速地把她从舞台上揽到自己桌前，用法国口音极其奉承地说：“与我一起飞翔到美丽的里维耶拉海岸吧！”但接着它却跟随小红帽到外婆的店（以换另一桌代表这场景）。热情的外婆身穿线条柔美的红色洋装，神情看来醉醺醺的。此刻她吹着口哨、摇摇晃晃地边追着野狼边噘着嘴说：“那是一只狼！呜，呼！”

《小红帽》似乎是埃弗里最喜欢的童话故事。20世纪30—40年代间，他一再回头画小红帽，或绘制类似的作品，并将故事内容改为全然的浪漫爱情故事，其中穿插许多插曲。埃弗里1937年第一次一时兴起画小红帽时，画的是小女孩的身形，但举止、表情却像是成熟女子。她快步走在街道上，野狼则开着黑色轿车慢慢跟在她后面，且释出随时愿意让她搭便车之意，这只野狼现在化身为衣冠楚楚、圆滑的都会绅士，油腔滑调、意图可疑。她最后打断野狼的搭讪，转身表露同情在座女性观众遭男性挑逗的苦恼。

在1940年出品的《熊的故事》（*The Bear's Tale*）中，埃弗里将小红帽画成口齿伶俐、脸上有雀斑、出身纽约布鲁克林区的女孩。她和葛蒂拉打败野狼，画中她斜倚着身子说：“嗨，葛蒂拉，我是小红帽。我刚发现那个惹人厌的野狼的一张纸条……”（她将这纸条给对方看。）1949年出品的《乡村小红帽》是埃弗里一生中最后一次发表的童话讽刺作品，画中的小红帽露齿而笑、身材干瘪、红发，是正版小红帽的乡下表亲。她用长长的、不雅观的脚趾开门、关门，且老是嘟起厚厚的、像猪似的嘴巴。

无论如何，埃弗里这一系列的改编作品，灵感都来自《小红帽》。这个丰满的红发女孩和野狼很快地就跳脱原来曾启发埃弗里灵感的原始剧情，转而在许多动画短片中一再出现。埃弗里不只将小红帽和野狼留在原著改编的讽刺动画里，且将他们纳入其他童话故事的动画片中。例如1945年出品的《轮午夜班的灰姑娘》（*Swing Shift Cinderella*），女主角等于就是小红帽的翻版，她出现在众所熟悉的夜总会，同样是绑成马尾的红色头发回旋在va-va-voom舞曲中，她穿着同样裸露的女装，而这一切都是她的神仙教母所施的魔法。（灰姑娘小红说："你确实挥舞了邪恶的魔杖，不是吗，老女人？"）当然，跟《小红帽》的场景一样，她是与那只意乱情迷拜倒在这个乡村小红帽的石榴裙下的野狼一起出现的，在她的歌声和舞蹈中，野狼陷入狂喜的内心交战。这次歌词换成："哦，野狼，你可不是爱上我了嘛！"

埃弗里将小红帽及野狼纳入其他的动画片中，还包括1945年的《射杀丹麦克》（*The Shooting of Dan McGoo*）和《狂野如狼》（*Wild and Wolfy*）、1947年的《汤姆叔叔的浴室》（*Uncle Tom's Cabana*）等。他最后一次嘲讽小红帽与野狼的作品《乡村小红帽》，将女主角画成在夜总会为两只狼跳艳舞。这灵感来自法国17世纪知名寓言诗人拉封丹所写有关乡下老鼠和城市老鼠的故事，而观赏小红帽跳艳舞的那两只狼，一是色眯眯的乡巴

埃弗里1943年为米高梅电影公司（MGM）画的
小红帽是一个脱衣舞娘

佬，一是目空一切的城市罗密欧（它后来拜倒在这个乡村小红帽的石榴裙下）。

埃弗里的《小红帽》儿童不宜

对埃弗里来说，《小红帽》中的人物远比情节重要。歌舞女郎及好色的舞客并非只指女孩和野狼，而是人类性欲戏码的特质和象征。埃弗里笔下的女主角是性感尤物，而狼一看到性感的小红帽载歌载舞，就血脉贲张，全身轻飘飘，是意喻阴茎亢奋时的状态。

这些诙谐的情节在早期动画片中屡见不鲜。埃弗里的小红帽反复唱着的爵士乐曲调，只是为了儿童顺便一提的情节，在电视尚未问世的年代，吸引大量观众的作品都见于电影院。当时的儿童也看电影，但埃弗里常是在作品杀青之后才会想到儿童。就像当时其他动画工作者一样，埃弗里在剧情中充分表现美国人的战时生活。在1942年出品的《突袭之狼》(*Blitzwolf*) 中，三只小猪面对宿敌野狼，此时野狼变成希特勒的化身（而不是先前刻板印象中爱逛夜总会的色狼，且与纳粹德国视犹太人为掠夺者的观点大相径庭）。埃弗里笔下的灰姑娘是铆钉女工萝西的写照*，她必须逃离夜总会，以便及时赶去洛克希德工厂轮午夜班。埃弗里笔下的小红帽显然是以海报美女为模范，这些美女是第二次世界大战期间鼓舞军人士气的媒介。

埃弗里推翻由沃特·迪斯尼所设立的动画片标准，迪斯尼的《白雪公主和七个小矮人》于1937年成为第一部动画长片。虽然迪斯尼非常尊崇格林兄弟，但是埃弗里却干扰他的计划，而以恶作剧和诙谐的手法嘲笑童话迂腐的陈腔滥调，且无所不用其极地用滑稽的方式混杂欧洲旧传统和美国当代风格［诸如客栈，他称为“老式廉价啤酒店”(Ye Old Beere Joint)］。他经常将一些传统的故事混杂、调和，编造出非正统的情节，创造有自觉性的剧中角色，这角色经常出其不意脱离剧情，出面评论剧情，或直接向观众说话，完全打破剧情的悬疑。《小红帽》动画片一开始是遵照传统欧洲迪斯尼的场景和剧情安排，例如开场时有幕后配音

---

* 20世纪40年代有许多美国女性相信进入职场只是临时的，大多数的“萝西”都是来自北方城市或南方白人居住区的白种女人。她们代表了工会内的斗争及劳资冲突，因而让人觉得她们是强壮、独立的女人。这样的形象对年轻女性观众非常有吸引力。——译注

人员的口白说："晚安，孩子们。"但立刻遭到剧中主角人物的反对，要求用另一种新的方式开场，幕后配音员同意这么做，热心地再次重来，再次开演时，女主角和野狼假装在等候晚到的电影观众坐定，因此暂缓出场，这时荧幕上会出现虚构的犯规者的黑白身影。最重要的是，埃弗里的风格完全相反于迪斯尼笔下类似白雪公主那样典型、娇媚的人物。

埃弗里无止境地在动画片中明目张胆地显露有关性亢奋的隐喻，引来美国政府的关切，他遂以创作色情动画片闻名，他也知道这些情节会遭美国政府的审查员剔除，他盼望转移他们对其中性欲情节的注意力，免得剧情被剪，但不是每次都成功。在公开放映的《小红帽》中，他描绘野狼因受外婆严密的注意而抓狂，以致发誓如果再遇到任何一个女人，它不如自杀算了。当小红帽再度出现在舞台时，它便举枪自尽，死后灵魂从阴间升上地面，为小红帽跳脱衣舞喝彩。其实埃弗里的原创版更加淫猥，它坦然无讳地描绘兽奸之欲令海斯办公室*大为震惊。

埃弗里的原创版只有驻扎海外的美军看得到，美国本土的观众则无缘观赏，该版情节叙述小红帽的外婆后来因怀了野狼的孩子，而不得不与野狼结婚（小红帽就坐在婚礼的前排座位上，而野狼背后则被枪支顶着逼婚）。下一幕是他们全出现在"落日脱衣夜总会"，带着一窝吵闹的小狼一起观赏小红帽的最后一次演出。

埃弗里的《小红帽》抓住20世纪30、40年代美国妇女的新

---

*　即威尔·海斯（Arthur Garfield Hays）主持美国电影协会时，该会的俗称。1930年海斯办公室颁布电影制作守则，严格规定电影拍摄的题材与内容。海斯任职期间对美国电影业具有相当大的权力。——译注

埃弗里笔下色性不改的野狼，正在“落日脱衣夜总会”
挑逗脱衣舞娘小红帽

貌。这个时期的女人不只更加公开展露性感，且比维多利亚时代害羞、腼腆的女人更强健、自信。在埃弗里的动画片中，性感尤物（甚至脱衣舞娘）的角色和自信的女主角并不互相冲突。他的小红帽无论出现在哪一部卡通里，都是能照顾自己的角色，例如在《小红步帽》(*Little Red Walking Hood*）中，她以冷漠的态度面对追求者（埃弗里将她画成像个小雪球似的造型）；而《小红帽》中则是用夜总会的桌灯敲醒仰慕者意乱情迷的头脑。

时代尖端的新女性

与埃弗里同年代的幽默大师瑟伯*，也在他1939年出版的

* James Thurber，艺术家及作家。——译注

《当代寓言及名诗》(*Fables for Our Time and Famous Poems*)中,改写《小红帽》动画的剧情,纳入美国女性熟悉世态的新气质(但删除了埃弗里添加的情欲部分)。在瑟伯所画的小红帽插图下方有一句训词说道:"现在要欺骗小女孩可不像以前那么容易。"他所画的女主角非常务实,两手叉腰,冷眼看着躺在床上虎视眈眈等她的野狼。瑟伯的漫画就像埃弗里一样,反映20世纪20—40年代美国妇女生活上的改善,及因此激发的新思想和人生态度。这些改变包括主张女性有参政权的妇女赢得选举、胸罩取代整形紧身内衣,最后听从19世纪服装改革者布隆莫尔(Amelia Bloomer)的忠告,女人开始穿裤装。1932年女飞行家艾尔哈特(Amelia Earhart)独自驾驶飞机飞越大西洋,成为历史上第一个创下此举的女性。美国插画家吉普生笔下理想化的19世纪90年

瑟伯笔下的女主角不像以前的女孩那么容易受骗

代少女，这时已让位给追求自由、奇装异服的摩登少女，而摩登少女的风头又被铆钉女工萝西型的时代新女性所取代；“新女性”是上班族，搽口红，抽烟。在好莱坞，知名女星琼·克劳馥（Joan Crawford）和贝蒂·戴维丝（Betty Davis）都因饰演引诱男人堕落的荡妇而声名大噪。

埃弗里和瑟伯的作品都掌握到当代社会对性和政治的革命性态度。埃弗里的小红帽是走在时代尖端的新女性，她是一个性感尤物，但不容易受骗。她是介于巨星丽塔·海华丝（Rita Hayworth，深识赢得观众青睐之道的绾发性感女神，将头发染成红色，隐瞒自身的西班牙血统，成为真正的“英美”巨星）和梅伊·韦斯特（Mae West）之间的女性，不过小红帽却是被童话故事创造出来的，而且故事内容也一再被重新诠释、改写。韦斯特有许多隽永风趣的名言虏获不少观众的心，且和埃弗里笔下动画人物所说的话一样，成为有名的俚语，因为他们是用20世纪的词汇述说童话故事。韦斯特曾有一句挖苦味十足的妙语说：“我习惯扮演白雪公主，但如今后浪推前浪，我已没有生存的空间。”

小红帽符合单身女性的经历

埃弗里的“小红帽”套上像战时海报美女那种形象，使它在美国历史上占有一席之地，且赋予童话故事新的意义，使童话含有爱情故事的成分，同时开创了小红帽的新角色。在20世纪的大众文化中，小红帽越来越能传达成年女性的理想，且代表不断增长的新人口——单身女性，正如埃弗里笔下的野狼所称呼的

“小红帽小姐”。所有知名的童话故事女主角中，只有小红帽的结局不是结婚——没有结婚，没有白马王子出现，甚至也没有兄长。因此，接下来几十年，当童话故事越来越旨在表达女性理想之际，小红帽也逐渐发展出与其他童话故事女主角不一样的意义。其实所有童话故事的女主角形象都会随着时代的变迁而改变。

大家都知道，今天最知名的童话主人翁都是女性，包括灰姑娘、白雪公主、长发姑娘、睡美人和小红帽及其他数不清的女主角。这些女主角都是在陈腐、平凡的男性陪衬之下演出的。这些男配角就是父亲、野兽、侏儒或王子，他们全都是可以替换的，且千篇一律地出现在各种童话故事中。在百老汇音乐剧大师桑德海姆（Stephen Sondheim）所作的音乐剧《进入森林》中，两个互相交织在一起的童话故事中的白马王子互换演出地点，却丝毫不影响原先的剧情。在改写成童话的故事书里，有一幅插图画着两个王子穿着颜色、格调都很相似的服装，且有一样的名字、一样的爱情使命。（其中一个王子对另一个说：“你怎么处理拜访女主角的事？”）

这些童话故事中，女主角所做的决定透露作者对现实生活中女性的期待，而男性剧中人只是象征女人恶有恶报、善有善报的隐喻（行为不检，就会遇见狼；如果乖巧，最后就会遇见如意的白马王子）。

但是与今天主旨论及女性的知名童话故事相反，过去的童话故事多论及男性。多产作家格林兄弟所撰写的童话故事中，以男性为主角的比率就高出女性主角一倍。详细检阅其内容，可能

在塔波特（Hudson Talbott）改写自1988年音乐剧《进入森林》的童话故事中，两个白马王子穿着极其相似的服装

令现代读者困惑：刺猬汉斯是很难相处的朋友吗？画眉生须国王*这些男性冒险的故事都到哪里去了？答案是：在编辑东挑西选中，这类情节都被忽略了。民俗学家斯通（Kay Stone）观察后指出，大部分儿童故事书内容都不出格林兄弟《儿童与家庭童话集》中二百一十二则故事的范围，且几乎所有持续流传的故事情节主要都是在描述女性。这类故事有很多被改拍成电影。迪斯尼在1937年拍成电影的《白雪公主和七个小矮人》便一炮而红，1950年的《灰姑娘》也一样成功，且使童话故事女主角成为女性的角色模范，激励女人做好妻子和好母亲。迪斯尼的白雪公主为单身小矮人的住处带来歌声，她一边洗碗、扫地、除蜘蛛网、刷衣服，一边唱着“工作时吹口哨”的歌，并有鸟儿、麋鹿、兔

* 是谁？King Thrushbeard，这是新版格林童话故事，描述歌斯顿公主拒绝英俊的画眉生须国王，不过她很快就后悔了，因为后来她被许配给一位穷诗人。——译注

子和森林里的其他动物来助兴。后来迪斯尼再出品的《灰姑娘》也有类似的情节，老鼠和小鸟都来帮助灰姑娘缝制参加舞会要穿的礼服，灰姑娘则忙着按后母的要求，打扫房子，为后母生的女儿做衣服。这些家务预兆她日后会嫁给如意郎君，成为快乐的家庭主妇。

这两部电影就像20世纪新兴的女性童话故事一样，在战后挑起观众对婚姻和家庭的渴望。第二次世界大战刚结束后不久的50年代，全球民众结婚的年龄往下降，女性生第一胎的年龄也下降，离婚率更是暴跌。男人回到工作岗位，“萝西”也被敦促离开工厂，回去把家庭照顾好。在美国人看重家庭的风潮中，照顾家庭成了女人全部的生活重心。尽管市面上不断出现省力的新式家电产品，但是女人做家事的时间却有增无减，儿童受到照顾的时数也比20年代多一倍。女星琼·克劳馥这时也改演拖地的家庭主妇。电视剧集《妙夫妻：伍兹和哈丽叶》（*Ozzie & Harriet*）也演出理想中的婚姻生活。在这段时期，美国小说也出现同样的理想——“童话似的婚姻”，浪漫的结合，丝毫不像佩罗17世纪童话故事中所说的被迫进行买卖婚姻。

但是美国人可能将家庭太理想化了，在修剪过的树篱和有车道的郊区住家背后，20世纪中叶的现实生活是更复杂的。尽管美国人崇尚家庭生活，热爱“妙夫妻”剧集，但50年代是性开放的时代，诸如“定情”、“爱抚”（甚至“深吻”）都足以说明性开放的风气，十几岁的女孩怀孕被送到外地生产，再回家“复健”。尽管已有更好的方法避孕（尤其是60年代问世的避孕丸），但新娘怀着身孕结婚比比皆是，人们越来越敢有婚前性行为。在推崇家庭主妇的同时，越来越多的女孩脱离婚姻家庭，独立自主生活。活在这双重标准的时代，没有结婚的小红帽正好符合这类单身女性的经历，得以继续活跃在舞台上。

而睡美人、灰姑娘和白雪公主都逐渐被甩到一边，20世纪中叶流行文化传扬的小红帽，几乎等于是在阐明女作家布朗（Helen Gurley Brown）1962年所写的畅销书《性与单身女郎》（*Sex and the Single Girl*）的主旨。当时出现在广告中的小红帽是妖娆美女，在售卖酒、化妆品及汽车。蜜丝佛陀1953年刊登在《时尚》杂志的广告，保证使用色泽红润的“小红帽”口红会引出野狼，反向操作传统上劝诫女孩不要与陌生人谈话的童话，广告里有一个穿着红色披肩、搽红色指甲油的狐媚女子，羞答答地微笑着，唇上搽着颜色鲜亮的口红。广告的另一页背景是森林，有几个长得很像帅哥明星格列高利·派克的男人从树后面冒出头，露出色眯眯的笑脸。广告词写道：“搽上小红帽口红，冒个甜蜜的险……我们警告你，你将被追逐！”“这是温润、水亮的红色唇膏，会让男人忍不住想和你约会。”1962年在《纽约客》杂志上的广告同样让小红帽打扮成美艳不可方物的模样，这次她是开着 “小红赫兹敞篷车”去外婆家。她的汽车是充满挑逗意味的敞篷车，她的披肩则是最新流行的迪奥名牌货，她娇羞、挑逗人的微笑和侧眼一瞥，几乎和蜜丝佛陀口红广告的女主角一模一样。1983年Johnoy Walker红标威士忌的广告说：“没有红色，什么事也做不了。”广告图片中出现一只狼正从身穿白色衣服的女孩面前走开，谁会想买“像白色一样清纯”的酒呢？

在流行音乐界，法老合唱团以一支求爱舞蹈附和这个故事受欢迎的新版本，亦即展现女主角在社会和性方面的新风貌。他们在1966年大受欢迎的《小红帽》歌曲中，将剧情改为野狼追逐小红帽不是为了一饱口福，而是想和她约会，这首歌简直可以作为纽约麦迪逊大道广告或埃弗里所画《小红帽》动画片的主题曲。它注意到小红帽的眼睛很大，她的唇丰满红润，现在这个女主角是个“大女孩”了：“哦！小红帽——你实在很漂亮！”

法老合唱团和麦迪逊大道的广告都显示，长大的小红帽有人追；事实上，可说是只要她愿意，就会有野狼排队等着追求她，但她却独立自主，毫不把他们看在眼里。布朗在《性与单身女郎》中探讨“世界女孩”（Cosmo Girl）的原型，分析哪些女人可能会使用蜜丝佛陀的“小红帽”口红。布朗的忠告尽管与后来女性主义的观念相反，却与20世纪50年代有关性别刻板印象的陈腔滥调形成强烈对比，且点出当时在单身女性身上看得见的情况——“淘金者”*和卖弄风骚。在女人有限的青春岁月里，布朗忠告女人说，“你并不需要丈夫”，只需要一个男人，“男人的情感往往是廉价的，他们不过是逢场作戏”。她认为女性可以为了获得利益而卖弄风骚勾引男人，尽管同时与几个男人约会并没有什么不对，但是单身女郎绝不应该和已婚男人纠缠不清。

性魅力是20世纪女性的价值根源

到了20世纪即将结束时，法国知名导演吕克·贝松（Luc

---

* gold-diggers，意指以美色骗取男人钱财的女人。——译注

蜜丝佛陀以“小红帽”为名的不褪色口红，在1953年《时尚》杂志中刊登广告，左半部的广告词打着“让野狼现身……”

riding
hood
red
a new red...
a ripe young red in
MAX Factor's
Color-fast*
lipstick
Wear Riding Hood Red at your own sweet risk...we warn you, you're going to be followed! It's a rich, succulent red that turns the most innocent look into a tantalizing invitation...$1.10 plus tax
*because it's Color-fast, Riding Hood Red stays brilliant, never fades, never dries tender lips.

Besson）为香奈儿五号香水所拍的电视广告，又更新了小红帽的性魅力。这次小红帽是巴黎的美女（由法国名模艾丝黛拉·沃伦打扮成本书作者序首页插图那种穿着的小红帽），她吸引着众人的眼光，身穿红色调整型内衣和衬裙，这种打扮让人想起埃弗里笔下的小红帽。在她转身之间，香奈儿五号香水的味道便散发出去，也意味着她无与伦比的性感，以此作为香水的定义。她轻扑几滴香水之后，穿上猩红色的披肩，然后走向门边，最后一刻又转身，将一只手指放在嘴巴上，示意要狼安静——狼是她养的宠物。这只狼果然听话地安静下来，她拉一拉披肩，带着微笑走出大门，到巴黎街上去参加与另一群狼的狂欢之夜。充满传奇色彩的香奈儿香水仿佛热情地召唤人“分享这美丽的幻想”。

在这短短三十秒的广告中，穿插了《小红帽》故事传统的讯息——劝诫女人要凡事顺从的规矩已转型，现在是公狼被驯服而不是母狼，这次是女主角要出去游荡，寻找猎物。但传统的讯息有所改变吗？尽管香奈儿的“小红帽”驯服了狼，但是她隐藏的讯息与蜜丝佛陀1953年的口红广告如出一辙，亦即无论是在香水的天下或约会、交媾的公开场合，性吸引力都是女性力量和价值的根源，没有性吸引力的女人就没有力量和价值。

无论她是动画片里的脱衣舞娘，或是搽了“小红帽”口红的美女，还是搽了香水、穿着红色衣服的幻想人物，热情性感的单身妇女是小红帽在20世纪的若干形象之一。无论是在埃弗里的动画片中被一群深受迷惑的单身男士追求，或是成为法老合唱团吟诵的对象，还是蜜丝佛陀口红广告的女主角，20世纪的小红帽显露出一个女性偶像的价值——被男人渴求的女性形象。尤其是她有能力让男人转头注视（或让野狼变得轻飘飘、眼珠子凸出来），且总是渴望拥有浪漫的男女关系。

但是，无论将《小红帽》故事看成流传至今的初恋寓言，或是由埃弗里、吕克·贝松和纽约麦迪逊大道广告商塑造的爱情版《小红帽》，显然都与20世纪后半叶女性重新谈论的《小红帽》大相径庭。女性主义者心目中的小红帽演出的绝非浪漫爱情喜剧，而是用更负面的眼光看待小红帽与野狼的邂逅。

第六章

女性主义者向狼宣战

小红帽与外婆联袂击败野狼，这是1972年英格兰西北部默西塞郡女性解放组织商请艺术家斯肯普顿（Trevor Skempton）制作的插画

等候之狼

格温・斯特劳斯（Gwen Strauss）/著

资料来源：克诺普出版社（Knopf）1990年出版的《石径》(*Trail of Stones*)。

首先，我看到她的脚——
在红色的披风下
她转向前方
走出森林，
徒步往前迈开步伐。
接着，闻到她的香味，
我巴不得悄悄跟踪她
圆滑地，不让她发觉。
我知道去外婆家唯一的一条路；
路上有开白花的野芝麻和龙葵，
还有魔鬼的控制物和银莲花。
我可能不会再走下去，
但接着森林里
不再有纯真的事。
当她告诉我有关外婆的事，
我感到厌烦。她走向我这条路，

事实上，她将那一篮面包和果酱都抛出去。
我在这个老妪皱巴巴的床上等候，
我全都盘算好了。我做得有点过分——
穿上外婆的蕾丝边短衬裤，
法兰绒睡衣和无边帽，
躲在棉被里喘气
上下起伏地呼吸。我简直看见我的心脏在跳。
轻轻的。轻轻的。
这些都只是狼骗人的把戏。
但奇怪的是，我的肚子仿佛石头那么重，
一旦拥有她，我就会立刻忘记这些，
这时我并不喜欢这样的自己。
当她爬上外婆的床，
她会紧紧搂着我，想着：
这可不就是我亲爱的外婆？
她拥有最幼嫩的肌肤
是我从来没有触摸过的，她的手指开展
像春天的卷形嫩叶舒张开来
我蓬乱的毛发将会让她以为
闻到森林夜间的苔藓味。
她将怀疑我的耳朵，
又大又尖，触感却很柔软，
我的眼睛像她的披肩那样红，

我鞣皮的鼻子靠在她肚子上。
但也许她一开始就知道我是谁，
因为我们从不同的路
穿过森林。

女诗人质疑童话女主角

1961年美丽、颓废的女诗人萨克斯顿（Anne Sexton）给女儿琳达一本蓝色精装本格林童话故事书。多年后，琳达回忆当时在厨房边读这故事书，边喝母亲煮的汤，同时听着母亲在隔壁打字的声音，琳达从书中出人意表的情节中得到许多慰藉。琳达十六岁时，母亲开始对她着迷于这些童话故事感到好奇，于是要求她将最喜欢的列出来。萨克斯顿将女儿所列的写在餐巾纸上，后来，这位女诗人以她惯有的大胆风格改写这些童话，并将之纳入她最畅销的诗集中，这成了格林童话经女性改写的版本中最著名的一本。1971年出版的这本《蜕变》（*Transformations*），内容并非是大部分人所期待的那种纯真的童话故事，诚如萨克斯顿所形容的，它“令人不忍卒读，残酷、虐待狂、古怪滑稽”，且充斥强奸、乱伦、虐待儿童和恋童癖。

对萨克斯顿而言，格林童话描述了许多现实生活，如果以新的观点来看，确实如此。在她所偏爱的故事中，她发现充满有关男女、性别和疯狂的隐晦秘密。例如在公主受困于高塔或城堡的情节中，她看见的不是浪漫的幻想，而是隐喻受虐待的女儿和郊区家庭主妇，被困在家庭这个监牢里。格林童话的女主角都是全然自我牺牲的，萨克斯顿用“可食性”的口吻描述这些女主角，诸如：睡美人在昏睡的那几年饱受父亲性骚扰，接着像“一盘水果”那样落入丈夫的手中。而《无手少女》的女主角有一个残酷、色眼眯眯的父亲，巴不得“像吃草莓蜜饯一样舔食她”。白雪公主则像一个没有心思意念的瓷器娃娃，“她玻璃般的眼睛开了又关，关了又开”，当她落入毒药发作的昏睡中时，就像小矮人用卤汁腌泡的烤牛肉，“尽管他们用酒为她清洗身体/用奶油涂抹她/但都徒劳无功”。

虽然食物成了这些诗的隐喻，但萨克斯顿很少烹饪。她对被迫下厨感到非常愤怒，对必须扮演妻子和母亲的角色也是这种情绪（她在琳达出生后不久，第一次自杀未遂）。格林童话的结局都是女主角从此过着幸福快乐的日子，但对萨克斯顿来说，这种结局太虚假了，她十几岁时即与男人私奔，婚后不断应付自己的心理疾病，频频有外遇，与丈夫发生激烈的肢体冲突。她的灰姑娘最后遇见王子了，但是他们完美结合的梦想却可笑地被戳破了。萨克斯顿讽刺地描述她和丈夫的婚姻：“他们迷人的笑颜已成过去/包柏塞双胞胎*/故事的结局就是这样。”

在大众文化的征兆和象征之下，萨克斯顿所改写的十六则格林童话故事，与童话故事传统的隐喻和展望，尤其是对男女理想化的期许形成强烈对比，并夹杂着对现实生活的多面意喻和失望。萨克斯顿的《小红帽》（参见本书第八章）论述欺骗和性别的独特性，狼是有异装癖的角色，它吃了女主角及外婆之后，“仿佛怀了九个月的身孕似的”。猎人用一把“情欲的刀”，用“剖腹产”的方式救出小红帽。仿佛男性占用了女性的特质，包括服装和怀孕，而那时小红帽正等着从狼腹重生；狼腹这个空间象征模糊不清、混乱不安，且暗示着更大的黑暗。萨克斯顿在整首诗中不断质疑故事的平庸、陈腐，及有关性别、性欲、恶行

* Regular Bobbsey Twins，Laura Lee Hope小说的主角，生活富裕但乏善可陈。——译注

和拯救的细节，尤其是女主角和外婆的一无所知——她们喝酒、吃糕饼，“完全不记得”曾被吞进野狼暗无天日的肚腹中，对自己的困境和边缘地位毫不在意。萨克斯顿的诗带着质疑的口吻暗示，读者也是盲目的或被这些情节欺骗，或许也被小红帽的人生际遇所蒙蔽。

萨克斯顿的一生

《蜕变》反映出人生的矛盾，就像萨克斯顿的其他许多诗一样，企图调和外在的形象和内心的冲突，这冲突促使她开始以写诗为第一优先要务，这是她在精神疗养院期间，治疗师给她的建议。身为新英格兰地区中上阶层家庭的第三个女儿，萨克斯顿具有迷人的魅力和粗暴的性格。小时候，她曾经绑架一个性情温顺的朋友，并将她藏匿在卧房的橱柜里一夜，直到对方心乱如麻的母亲找上门。年轻时，她爱出风头、偏好闹剧似的叛逆行径，诸如将口红擦得像血盆大口；穿红色的高跟鞋逛超市；严冬时在自家后院的雪堆上，裸躺在母亲的貂皮大衣上做日光浴；在自己的派对上大发雷霆。她说话声音“大”（一如她写英文字常用大写）。在波士顿，常与诗人朋友普拉丝（Sylvia Plath）和休斯（Ted Hughes）共游丽兹酒店。她在1965年写给《三季刊》（*TriQuarterly*）编辑纽曼的信中提到：“我常在写着卸货区的地方停车。那并没有什么问题，因为我们也即将卸下车子里的货物——人。”

萨克斯顿到了四十岁时，已成为知名的女诗人。在美国，诗人能得的各种奖项，她几乎都赢得了，她的诗文被刊登在诸如《纽约客》等声誉卓著的杂志，她也为杂志撰写过专栏，荣获美国新闻界最高荣誉的普利策奖，虽然她并没有大学文凭，但1968年、1969年先后获哈佛大学和拉德克立佛大学（Radcliffe）颁发的荣誉学位。在研讨会上，她总是抽烟，姿势动作夸张，声音沙哑低沉地窃窃私语，兴奋地盯着人看。她常迟到，有时甚至冲入会场，有时在会议中也会肃然起敬地站起来。她很有风韵，黑发、蓝眼、苗条，远远站在无拘无束的文艺界朋友前面，就能散发姿色魅力和性吸引力。她的朋友古敏（Maxine Kumin）形容她像个时装模特儿，事实上她曾经当过模特儿。她与哈特经纪公司的人在波士顿合照的一张相片，就身穿白色长袍礼服，神情冷艳，泰然自若，仿佛一尊圣像。

尽管她的外表确实像童话故事里的“公主”——她丈夫就以此名昵称她，但是她内心却是完全相反的光景。在《蜕变》书中，萨克斯顿将自己描绘成童话中的恶棍原型：“中年巫婆，我。”尽管她极其成功，有许多仰慕者，散发着无懈可击的姿色魅力，但巫婆却是她最喜欢的自我形象，每当她抽着烟大声朗诵招牌诗《她的种类》（*Her Kind*）时，这个自我便会悄然现身，这首诗说：“我出来了，一个着魔的巫婆/寻索妖术，越夜越勇。”出版《蜕变》一书时，萨克斯顿已四十一岁，她自喻为“疯狂的家庭主妇”，有洗碗碟的双手、癫狂的倾向、住在波士顿郊区、距离死期再没几年。她很怕旅行，多次进出精神疗养院。穷困、没有安全感使她频频发生外遇，其中一个情夫是她的精神科医生。她在精神病院写信回复她的诗迷。多年后，琳达透露青春期时，曾遭母亲性虐待。当萨克斯顿写诗文、外出演说、到处巡回教学，且越来越心系死亡之事时，她丈夫便接手照料家务。终其一生，她的书销售量一直直线攀升，即使在她精神状态摇摆不定时，畅销盛况依旧不减。她曾九次自杀未遂，最后终于在1974年，在家里的车库以一氧化碳自杀身亡。

无论如何，萨克斯顿的诗不只是回应她个人内心的挣扎，也是社会原动力的一部分。她的作品中常见“告解、忏悔”这类形容词，足以证明她私生活中的种种不堪；然而她也论述美国妇女生活的许多矛盾，尤其是她们对这类矛盾日益警觉。萨克斯顿生长在第二次世界大战后注重女性柔弱气质的美国郊区，当时这类有钱有闲阶级的人数急速增加，以至有越来越多的妇女留在家中，没有工作，生活无聊。她的诗文即透露女人生命经验和社会对女人的期待之间的冲突，“全美妇女组织”创始人弗里丹（Betty Friedan）在1963年出版著名的《女性的迷思》（*The Feminine Mystique*）书中，也提到这种矛盾。萨克斯顿写自己的性幻想及对女性主义的渴求。1962年她写道：“我厌倦锅碗瓢盆的日子，厌烦我的嘴唇、乳房、化妆品和丝绸。我听腻了有关性的事。”她以崇敬的心态撰述自己外遇的种种，和对她不忠的爱人所经历的各种挑战。她描写堕胎、性虐待、颓丧。她探索更年期、手淫和月经，以致逐渐变成恶名昭彰的女性躯体批评家，曾有书评家指称她整天在“妇科医学上打混”。她在《蜕变》一书中的诗，诚如书名，将女性的新焦点放在改变世界上。

女性主义者对童话的观察

20世纪60年代是第二波女性主义兴起的时代——或称女性解放运动。这次死灰复燃的女性运动其中一个核心主轴，就是女人一直被灌输错误的意识，因此需要挑起她们真正的意识。女人质问：为什么女人的美丑、行为和幸福需要由男人设定标准？示威妇女在1968年美国小姐选拔赛会场焚烧胸罩，1970年占据《仕女家庭杂志》的办公大楼。法国作家西蒙·波伏娃（Simone de Beauvoir）对女孩从小就被教导要顺服、做一个讨人喜欢的女孩有着异议。在她划时代的著作《第二性》——这本书在法国出版四年后，才于1953年流传到美国——中，她检验女人一生中所接触到的每本书、每个课程和每个讯息，似乎都旨在让女人变成较劣等的那一性，地位介于男人和太监之间。“女人不是天生如此，她们是被制造出来的。”这是波伏娃著名的评论。20世纪60年代，女性主义者跟随波伏娃的脚步，开始分析艺术、歌曲、文学、宗教、心理学和文化，尤其是将注意力转移到童话上，她们视童话为小女孩人生中的第一本训练手册。

根据他们分析，以文学架构撰写的陈腐童话故事中，男主角往往热衷追求财富，而女主角则是等候婚姻做她人生完美的结局。童话故事的女主角大半在等候婚姻的过程中，历经千般苦难。首先是美貌的竞争，童话女主角通常都是世上最漂亮的女孩，但是如果她因美貌而被追求的话，故事中却也未提及她的相貌特征，甚至连她的情人都可能认不出她。例如在格林兄弟的童话书中，灰姑娘的王子就两次将她同父异母的姊妹误认为她，甚至在沃特·迪斯尼的版本里，这位王子必须依赖灰姑娘鞋子的尺寸才能找到她。第二，女主角都是年轻的，如果她有姊妹，她不只是姊妹中最漂亮的，往往也是最年轻的。最后也是最重要的一点，童话故事的女主角在获得美好婚姻之前，都会经历一连串饱受羞辱的考验，这仿佛是她婚前的预备仪式，无怪乎民俗学家用"被迫害的天真女孩"来形容童话的女主角。

事实上所有最受欢迎的童话故事，都是按这个类型及其相关的残酷模式铺排的。灰姑娘的继母把她当佣人使唤，将她关在厨房，她衣衫褴褛地睡在炉灰中；她的名字已经暗示她的遭遇。长发姑娘一出生，父母就将她送给一个老巫婆，巫婆把她关在没有门和楼梯的阁楼里好几年，进出阁楼的唯一方法就是攀爬她的辫子，她从窗户将长长的辫子垂到地面，当作阶梯供人登楼。白雪公主爱吃醋的后母逼她逃进森林，变成替一群小矮人洗餐具的女佣。在《无手少女》（*The Handless Maiden*）中（这是格林兄弟所编较不为人知的童话，故事正是这类型的典型之作），父亲无意间将女儿卖给非常邪恶的陌生人，结果女儿的双手被锯掉，然后被丢出屋外，以致她残废，绑着绷带，流浪街头当乞丐。

逆来顺受是童话故事女主角日后获得终生幸福的关键，如果女主角是因美貌而赢得爱情，则接受命运的折磨会使她获得回报。格林童话的女主角被理想化的部分不是她们的进取心或成就，女性主义人类学家奥特纳（Sherry Ortner）在她所写的《性别制造》（*Making Gender*）一书中就指出，女人在童话中被理想化的部分正好与此相反：是女主角的弃权。她说："如果女主角在故事一开始就非常活跃，那样她势必遭遇严苛的试炼，好证明自己配嫁给王子。”其他活跃的女主角，诸如格蕾特尔从巫婆手中救出男主角汉塞尔；或勇于冒险的小红帽，她们并没有迈入婚姻，而结婚是成熟的象征。这意味着这些女主角显然并未适当地社会化，成为成年的角色。

被放逐、孤立、辛苦地做家事、穿破烂衣服、完全屈服于羞辱和虐待，是童话故事女主角必然经历的最基本苦难。最令女性主义者愤慨的是童话故事竟然将谋杀女主角描写得很浪漫。事实上，这类反复出现的结局堪称“童话式的香消玉殒”。

格林童话《捕鸟者的恶行》中的新郎，相当于佩罗的蓝胡子，新郎前后杀了几个新娘，并将她们分尸，女主角（最后一任妻子）仅以身免。英国女作家卡特（Angela Carter）以女性主义观点强调、渲染蓝胡子嗜血的变态狂思想，她描述这个新郎在中古世纪的私人刑房，小心翼翼地安置前几任妻子的遗体。第一任妻子的全裸遗体，完整地用防腐剂保存着，四周放着蜡烛，遗体的嘴角还带着一抹笑意。另一具尸体被贞操带钉着，锁在笼子里，当女主角打开这个牢笼时，一摊血立刻满溢于她跟前。

无论有多恐怖，蓝胡子看到这些可爱的尸体（或尸块）时，莫不欣喜若狂，这正是童话男主角常见的典型行径。在佩罗的《睡美人》故事中，女主角因手指被纺锤扎破以致中了符咒陷入长眠状态。她一动不动地睡了一百年，但奇怪的是，她沉睡时的相貌比活着时更漂亮，迷人的王子一见到她昏睡的模样，就忍不住跪下来，带着“颤抖、赞赏”的心亲吻她。格林兄弟的白雪公主遭后母下毒，于是毒发陷入类似死亡的长眠状态。白雪公主躺进玻璃棺材里，王子才爱上她，玻璃将她的容颜映照得更美丽，因此小矮人一直守着棺材，以避免尸体有腐化现象。王子甚至向小矮人提议买下白雪公主的棺材，以便带她回家完整地保存遗体，并与遗体共度一生。

即使是小红帽，也有拟人化的野狼兴奋地在卧室里将她生吞活剥的情节。与萨克斯顿同时代的女作家普拉斯（Sylvia Plath）为这些童话故事的女主角拟写颂扬的墓志铭："这个女人十全十美/她的死/躯体带着有成就的微笑。"

对女性主义者来说，这些童话故事老是叙述女人满心渴望成为迷人受害者的梦想。西蒙·波伏娃写道："这些娇滴滴的女主角满是瘀伤，被动，受伤，屈膝下跪，受羞辱，并向年轻的姊妹们示范当个受苦受难、被遗弃、逆来顺受的美女有多大的光荣。"激进派女性主义者德沃金（Andrea Dworkin）在1974年所写的《女性之恨》（*Woman Hating*）书中扩大西蒙·波伏娃的分析，她认为正统的童话故事是第一个描写父权体制的脚本：

> 我们从小都是看童话故事长大的，因此认同童话故事的人物，但是我们只加以咀嚼，却没有吸收消化。在白雪公主和她英勇的王子这两个了不起的虚构角色之间，我们鲜少有机会美梦成真。就某个程度来说，这两个角色之间有一个清楚的分水岭：男孩都梦想骑上骏马，向小矮人购买白雪公主的棺材；女孩则渴望变成恋尸癖者爱慕的对象——即无辜、受害、沉睡的美人，美丽但恒久昏睡的佳人。

《小红帽》里的性与权力

在女性主义的分析架构中，《小红帽》尤其发展出精彩的新意义。女作家布朗米勒（Susan Brownmiller）于1975年出版旨在探讨强奸问题的《违反我们的意志》（*Against Our Will*）一书中，检讨文化对女性受害者的赞扬。她指出，在女孩子识字之前，童话故事就已灌输小女孩应该甘心受害的道理：

> 童话故事充满模糊的恐怖气氛，而且这种气氛似乎只会笼罩在小女孩身上。甜美、娇柔的小红帽出门，穿越森林去探访外婆。野狼埋伏在树荫下，盘算如何才能吃得到这甜美的肉食。据我们所知，小红帽和外婆在这只强壮、狡猾的野狼面前，似乎毫无对等的防卫力量。它的大眼睛、大手掌、大獠牙——“为了能更清楚看你，更抓得住你，好好吃你”。没有遭到任何反抗，野狼就将女性吞噬入腹。但是猎人出现了，他来挽回恐怖的错误……小红帽寓言女性遭强奸。森林里有令人恐惧的男性，我们可以称之为狼或任何名号，而女性在他们面前毫无招架的余地。

布朗米勒对《小红帽》的分析提出了超乎童话故事的象征意义，显露出她的观点相当敏锐。她对童话中禁闭、强奸情节所做的解析，足以肯定她对性、权力、强奸和童话故事的论点十分中肯。其中一个最重要的论点出现在帕特森（Haywood Patterson）的自传《史考特斯波洛男孩》（*Scottsboro Boy*）中，这本传记描述九名年轻黑人因被控强奸两名白人妇女，而于20世纪30年代遭处决的故事。帕特森抵达艾特莫尔（Atmore）监狱之后不久，写道："我终于明白了男人如何欺负男人。他们称'老鸟'为狼。"

帕特森对定义、区别谁是"狼"谁"不是狼"的描述，透露出社会对性别的潜在假设：

> 我抵达艾特莫尔监狱之后，立即看见狼如何对待年轻的男孩。他们的手段如出一辙。首先，狼会给新来的囚犯一些钱，并到监狱福利站买东西给他。狼告诉年轻人，他们是朋友，他会保护他免受难缠家伙的骚扰，他会为他而战，但不表明他真正的意图。花了四、五美元在年轻人身上之后，狼就会开始向他提出一些要求。

无论如何，这种殷勤之举绝无法赢得年轻囚犯的心，只会使彼此关系愈加粗暴，"老狼毫不留情地痛殴年轻人"，让他领悟自己的新身份。帕特森写道："其他囚犯都只旁观，他们知道一个年轻的妇女诞生了。"*

帕特森在狱中的叙述就像女性主义者一样露骨，即性并非只是生物上的区别，还涉及权力。就生物学的观点来说，男人依旧认为男女有很大的差别。男人或"狼"的定义不只基于阴茎，且基于他在身体和性方面有多少驾驭别人的能力。一如布朗

* 意指被教训成像女人一样顺服。——译注

米勒对《小红帽》的分析，野狼是强奸者，它的受害者是“年轻的妇女”，或帕特森笔下的“少男”（或更现代的监狱术语中的所谓“淫妇”），受害人是较软弱的受刑人，行动受狱中之狼控制，需要狼的保护。尽管身为男人，但年少的囚犯并未拥有男性的大权，无怪乎他会因缺乏权势而被定义为“她”。

性骚扰主题浮现

布朗米勒视《小红帽》为描述男性支配优势和女性受害的故事，这观点近十几年来已越来越普遍，在女性作家的著作中尤其常见。女性主义作家沃尔夫（Naomi Wolf）形容自己童年遭性侵害的经验“像经历童话故事般地危险”。就她记忆所及，十岁那年，她从公车站走路到日间儿童夏令营的会场，仿如童话故事中小女孩走进森林，遇到有人搭讪一样。“我大跨步往前走，按我母亲所指示的安全路线行进，”她写道，“但是到了林叶茂密的三岔路口，我迟疑地停下来，灌木丛中早有恶魔守候……‘小女孩！’他低声叫我，‘小女孩！’。”这只天真的十岁小母狼（她将自己比拟成狼，更添加这个记忆的讽刺意味）被哄骗进入森林去到处寻找隐形眼镜，而“恶魔”则在一旁手淫。女作家罗伊芙（Katie Roiphe）的备受争议之作《宿醉》（*The Morning After*）中批评20世纪70年代早期的反强奸运动太天真，她力陈《小红帽》只不过是一个童话故事，但它寓言无论外面有什么样的大恶狼，都可能会将我们生吞活剥，无论男女老幼，都逃不过它的追杀。她含蓄地承认了这个童话故事作为约会强奸寓言的广泛象征价值。

现代小说家也经常在作品中屡次呈现《小红帽》与性骚扰的主题。女作家布洛克（Francesca Lia Block）在她的小说集《玫瑰与野兽》（*The Rose and the Beast*）中，将《小红帽》中的野狼重新命名，并将故事情节改写成美国现代版的性虐待，故事中的女主角一再遭母亲的男朋友强暴。她记忆中这个恶棍“压在我身上，用他湿黏的手堵住我的嘴，遂行其丑陋的恶行”。1996年首演的电影《高速公路》就是以《小红帽》为底本的故事（本书第十章将做详细讨论）。一开始银幕上就闪烁着霓虹卡通人物，描述一名眼露邪气、垂涎欲滴的野狼追逐一群饱受惊吓、四处窜逃的女孩。剧情故意挑起观众质疑：女人遭性骚扰是不是“自找的”？画面中女孩的惊慌失措与她们的暴露穿着形成强烈对比，画面中的野狼屡次见到女孩裙下的春光，让观众联想到性骚扰的实情。女作家夏普（Anne Sharpe）1985年的《不那么像小红帽》（“Not So Little Red Riding Hood”）说得更明白，故事中的女主角名叫“斯卡丽特”*，野狼假扮成衣冠楚楚的男人对她抛媚眼，她丝毫不为所动，也未理会它的狼式口哨**和香水味，这不啻挑起它贪婪的攻击欲望：“它全身僵直，伸出仿佛准备与人揪打的勾拳。它是拥有最厉害武器的战士，也是最不可能被打败的。”女诗人斯特劳斯（Gwen Strauss）1990年的诗《等候之狼》——参见本章引文，即含有布朗米勒的分析遗绪。斯特劳斯笔下那只狼阴沉、暗藏恋童癖，它一步步缓缓地迈向目标，将随即要下手的

*　Scarlet，这个字有“深红色”“荡妇”的意思。——译注

**　亦即男人看见迷人的美女时，吹着从高音降到低音的口哨。——译注

性骚扰合理化，它自圆其说的理由太令人熟悉了，就像男人指控是女人挑起他们情欲那样，一如斯特劳斯诗中所描述的："她走向我这条路/事实上她将那一篮面包和果酱都抛出去。"这诗给人一个印象，即女人渴望男人侵犯她。在诸般盘算和睾丸激素的刺激之下，这个恶棍编织了古老的冒险梦想，它似乎期待读者认为它的性侵犯之举是合理的，结果却适得其反。

强奸是谁之恶？

女性主义者改变了许多人对《小红帽》的看法，但接受女性主义者对小红帽的解析，反而模糊了它所暗含的历史性大突破。童话专家暨女性主义民俗学家齐普斯（Jack Zipes）在他绝妙的论文集《小红帽的试炼与苦难》（*The Trials and Tribulations of Little Red Riding Hood*）中指出："佩罗将这个17世纪的口传故事……改写成描述强奸及暴力的文学故事。"当然，佩罗的确恣意改变口传故事的情节，但是他真的将剧情改写成强奸吗？事实上，女性主义者的论调中潜藏的一个观点就是：20世纪后半叶以前的《小红帽》绝非强奸故事，至少不是我们今天所想象的那样。布朗米勒等学者已提供文献资料，证实历史上绝大部分强奸故事都是叙述强奸是男人的罪恶，而不是女人自找的。

在《圣经》中描述的时代，妻子和女儿被视为一家之主的财产。根据布朗米勒的说法，在希伯来人的社会规范中，处女在市场上值五十银元。强奸罪被视同侵犯他人财产之罪——偷走女儿的贞操，因此使她失去市场价值。这会受到什么处罚？强奸者

“必须支付女孩的父亲五十银元，以赔偿她当新娘的价值，而且两人得步入婚姻”。

希伯来人同时视强奸为丢脸之罪——丢尽男性的颜面。根据《圣经》，雅各和利亚的女儿底拿遭示剑玷污，示剑是邻族的异教徒。后来示剑试图修正传统惯例，迎娶底拿。雅各家同意，但有一个条件，示剑家所有的男丁必须受割礼。动割礼后第三天，这些男丁正疼痛时，底拿的哥哥西缅和利未就攻击示剑家，杀害所有的男丁，掳掠家畜，强暴他们的妻子。底拿的感受如何，《圣经》并没有记载，显然这无关紧要；唯有希伯来人留存性命。《圣经》说，雅各对儿子所作所为非常愤怒，但他们却回答说：“他们岂可待我们的妹妹如妓女？”（参见《旧约圣经·创世记》第三十四章）。

布朗米勒最后查证出，直到13世纪才有人将强奸视为侵犯妇女之罪，佩罗于1697年出版第一版《小红帽》时，凡尔赛宫法庭尚不审理强奸罪。强奸罪意指以胁迫的方式诱拐或怂恿［在英文中，“强奸”（rape）和“狂喜”（rapture）源自同一个字根］，但不是指侵犯妇女，而是侵犯该女的父亲。17世纪时，父母依旧控制儿女的婚姻、分配遗产并保护子女，他们以生养众多来扩张家族的地位和产业。强暴女继承人——大半是处女，被视为侵犯该女父亲的权益，且严重威胁其家族的福祉，罪该万死。无论这对恋人是否想结婚，或事实上是女方起意行淫的，这都无关紧要。法国法令并未划分女人起意私奔和遭强暴之间有什么区别。

更有甚者，如果父母觉得有资格为儿子争取到更好的婚姻，就可能将强奸罪归责于女方。法国女学者汉利（Sarah

Hanley）从文献中找到许多这类例子。1619年，布罗沙尔（Jean Brochard）控告自己的儿子与女人私订终身，他儿子西撒只被判轻罪即暂时送修道院禁闭，但那个女子盖伊却被判强奸罪，逐出巴黎十年。到了17世纪末，当佩罗撰写《鹅妈妈故事集》时，法律诉讼的档案满是强奸案。1697年，佩罗出版故事集时，法院的诉讼档案清单即列出当时的问题，包括：①年轻人未婚交媾玷辱家门，等于是不理会门当户对的观念；②传道人和见证人很容易受贿替人完成秘密结婚，最严重的问题是，法律根本控制不了人类这种强烈的情欲。直到18世纪，依旧有人向法院控告女人先起意奸淫，被告的结局都非常凄惨。1732年，布兰（Ferdinande-Henriette-Gabrielle de Brun）试图与塔瓦妮丝（Louis-Henri de Saulx de Tavannes）秘密结婚，但却被布兰的父亲逮个正着，结果小两口遭秘密逮捕令拘提，女的被关进修道院十四年，直到父亲过世才获释。即使获释，这时的她已无法生活，因为她已被剥夺家产继承权。

直到20世纪70年代，女性主义活跃人士才对强奸案有新的觉醒，指出这是侵犯妇女之罪，翻转有史以来视强奸为侵犯财产之罪的看法，且推翻弗洛伊德主张女性渴望被征服的论调（即女人有被强奸的幻想），并挑战一般人认为"女人遭强奸是自找的"之观点。布朗米勒在70年代早期的反强奸运动中非常活跃，这使她冲劲十足地撰写了有关强奸的书籍《违反我们的意志》。她隶属于纽约激进派女性主义组织（the New York Radical Feminist Organization），该组织于1971—1974年出版一系列举足轻重的、坦率辩论强奸问题的书籍。接下来那几年，强奸及其相关推论、性骚扰和约会强奸，成了美国校园、女性主义理论和主流新闻的热门话题。1971年，美国成立第一个强奸危机处理中心。80年代，社会学家暨女性主义活跃人士雷塞尔（Diana Russell）第一次极其繁复、精巧地调查强奸个案，结果理出令人非常惊讶的数据，这些数据现在经常被报章杂志引用。她的研究坚称全美有四分之一的女性曾遭强奸；且有三分之一的女性童年曾遭性虐待。1985年，《仕女》杂志刊登有关遭熟人强奸或约会强奸的调查报告。1975年，康奈尔大学的女性主义活跃人士提出"性骚扰"这个新词汇，加上1991年美国参议院为克拉伦斯·汤姆森和安妮塔·希尔性骚扰案（Clarence Thomas-Anita Hill）举行听证会，于是"性骚扰"遂成为家喻户晓的名词。

但是直到现在，也就是佩罗将《外婆的故事》改写成《小红帽》之后三百年，女性主义者才将这个童话解析成描述父权制度的故事，且给我们有关"性骚扰"这个新名词和统计资料，使人将《小红帽》看成是寓言强奸问题的故事。

从警告女人要守贞、凡事顺服，到"英雌"崭露头角及出现动画性感尤物，这一路走来，到了20世纪下半叶，小红帽发现自我之旅已结合新的主题和新的角色——传统故事中的野狼与埃弗里、纽约麦迪逊大道广告业者笔下深深迷恋女主角、大献殷勤的单身汉形象的野狼大相径庭。后来的这些故事固然源自女权运动者之手，或深受其影响，以致在男人所写的童话故事和女人解读的故事之间产生极大的鸿沟，但另有人提供新的见解，为这鸿沟筑起桥梁：女性将越来越有能力从野狼肚腹中救出小红帽，让她适得其所，甚至让她披着毛皮——狼的毛皮。

第七章

与狼共舞

雕刻家吉吉·史密斯（Kiki Smith）
1999年的作品《女儿》

小红帽与野狼

罗纳德·达尔（Roald Dahl）/著

资料来源：《惊人的诗集》（*Revolting Rhymes*），1983年出版。

野狼觉得想饱餐一顿，
便走去敲外婆的门。
当外婆打开门时，
看见白色的牙齿和恐怖的冷笑，
野狼说："我可以进来吗？"
可怜的外婆害怕极了，
"它必定会将我吃掉！"她哭了出来。
她想的没错。
它一大口就把她吞入肚子了。
但是外婆既瘦小，又难吃，
野狼埋怨说："这还不过瘾！
我还没感觉
吃到美味的一餐！"
它到厨房晃来晃去，
心想："我一定要再想想办法！"
它简直饿昏了，
"因此我得在这里等候，

直到小红帽
从森林走到外婆家。”
它立刻换上外婆的衣服，
（当然它刚才并没有将外婆的衣服一起吃下去。）
穿上外婆的外套，戴上帽子。
套上鞋子，接着
甚至梳头发、上发卷，
然后坐在外婆的椅子上。
这时小红帽进来。
她停下脚步，瞪大眼睛看，然后说：
“外婆，你的耳朵好大哦！”
“那样才能更清楚地听你说话。”野狼回答。
“外婆，你的眼睛好大哦！”小红帽说。
“那样才能将你看得更清楚。”野狼回答。
它坐在那里，微笑看着她。
它想，我即将吃掉这个女孩，
与外婆比起来，
她像鱼子酱一样可口。
小红帽说：“但是外婆，
你穿着好可爱的毛皮外套。”
“你错了！”野狼大叫：“你忘了问
‘你的牙齿好大啊’，
无论你说什么，
我都要将你吞到肚子里。”

小女孩笑一笑，眨眨眼睛，

突然从灯笼裤中掏出手枪。

将枪对准野狼的头

砰！砰！砰！射杀野狼。

几星期后，在森林里，

我遇见小红帽。

但多大的改变啊！她不再穿红色的披肩，

不再戴愚蠢的兜帽。

她说：“嗨，请注意看

我可爱的狼皮外套。”

英勇、足智多谋的女主角

在童话故事中，服饰风格是确认角色身份强有力的根据，服饰改变通常意味着主角的性格或故事的意义有所改变。1972年版的《小红帽》是由称为“默西塞德郡女性解放组织”（the Merseyside Women’s Liberation Movement）的四个女人共同撰写的，故事中的女主角拥有新的披肩和新的自信。原本害羞、易受惊吓、凡事害怕——无论是闪电、森林或陌生人都怕的小红帽，穿越森林，遇见一只寻常的野狼，只是这次她拥有后援，小红帽的外婆是一位身强力壮的老妇人，她年轻时曾击败野狼，将其煮而食之。外婆（以猎人兼樵夫的架势）从厨房赶来拯救小红帽，她将野狼逼到尽头，从炉子下抽出木柴，痛殴这只狼。当棍子被打断时，小红帽突然想起她篮子里有一把刀，于是跑去取刀，将刀插入野狼的心脏。她和外婆合力剥了野狼的皮，然后将狼皮缝进红色披肩内，于是拥有暖和的新衬里。外婆说，任何孩子只要穿上这件狼皮披肩，就会变得英勇无比。

20世纪下半叶，各种修订版《小红帽》转而教导读者新的功课。女性运动的说书人不从男性支配的文学传统述说小红帽和外婆获救的情节，她们转而将这祖孙俩描绘成英勇、足智多谋的女性，小红帽变成身体或性方面的侵略者，她采取行动质疑野狼的男子气概。这个新的女主角主宰整个故事，时而幽默，时而坚强，甚至她的性冲动比野狼更强。

夏普（Anne Sharpe）1985年所著的《不那么像小红帽》（“Not So Litlle Red Riding Hood”），女主角斯卡丽特作为攻击者

干净利落地使出空手道。她挖出野狼的一只眼睛之后，再猛一个回旋踢，击伤野狼的鼠蹊部，她还来不及踢它的心窝，它已痛得哀号求饶。等抵达外婆家时，她早已忘了刚才发生的事。当这只咎由自取的野狼略微康复时，便径自前往附近的酒吧喝啤酒，以抚平这创痛的回忆。女作家莱克（Rosemary Lake）在女性主义故事集《从前有个公主救了王子》（*Once Upon a time When the Princess Rescued the Prince*）中，有一篇故事《迪丽雅的小红帽》（“Delian Little Red Riding Hood”），描述外婆与小红帽在狼肚子里大笑，外婆说：“它告诉我，它就是你。它说你得了重感冒。”接着祖孙俩用剪刀（放在针线篮子里的，野狼连篮子也一并吞进去）剪开野狼的肚皮自救，这似乎是作者简短地对工具和其中的象征意义表示敬意，这段剧情象征在民间口传故事中，工具和妇女具有崇高的地位。

在加纳（James Garner）以“政治正确”的观点修订的故事中，小红帽的外婆并不老，而是“身心都强健”。在女作家雅普（Rachel Yap）所写的《小红帽——真相版》（“Little Red Riding Hood—the Real Version”）中，外婆“曾在美军军营中工作过”。当女主角大叫时，外婆立刻拿起一支枪击毙一群狼，然后煮狼肉汤当晚餐。在米索（Paul Musso）爆笑的连环漫画《吃什么像什么》（“You Are What You Eat”）中，外婆才是女主角，小红帽则完全没有出现。野狼的诡计是暗夜里从森林的一间小屋开始的，它爬窗户进入外婆的屋子，“未被桌子上的助听器听出声音”。它的尾巴扫到一个守卫天使的石膏像启动拍板，屋里的电灯立刻打开。外婆被吵醒，她可不像传统故事情节中躺在床上生病的老妇人。“我们的女主角是一个健壮的女人，一生历经五次战争、一次经济萧条和二十六任总统，她从帽盒里取出一把左轮连发手枪。”野狼和外婆拳脚相向，而后破门而出，痛得牙齿嘎嘎作响。他们从夜里打到黎明，故事结尾并未交代到底是谁赢，只说地上有个影子，无法确定是哪一种生物，而太阳正从地平线上一堆破损的方格花纹棉布和毛皮中冉冉升起。

女作家布鲁马斯（Olga Broumas）改写故事中有关性的情节。她1977年以女同性恋者观点改写的《小红帽》中，甚至没有狼，也没有猎人及樵夫。在普洛瑟（D.W.Prosser）改写的《小红帽回家》（“Red Riding Hood Redux”）中，女主角把九厘米贝瑞塔手枪递给野狼，在一阵狼毛满天飞之后，小红帽将猎人送去一个自助团体——“匿名白人男性戒除暴虐行为组织”*。

狼皮外套的魔力

在女性主义者或假女性主义者改写的修订版《小红帽》如雨后春笋般出现时，默西塞德郡女性解放组织那一版的《小红帽》脱颖而出，成为最富有创造力的，且这主题一再被后人传讲，亦即野狼的毛皮具有改造女主角的力量。先前几个世纪，欧洲乡下百姓认为穿上狼皮会使人变成狼人，因此在默西塞德郡版故事中，女主角因为穿着狼皮内里的披肩，也发生类似的效应。近数十年来，许多说书人、艺术家和电影制片人不约而同重塑女主角

---

* 这是讽刺之词，美国有许多匿名戒烟、戒酒、戒毒组织。——译注

的性格，（用看似互相冲突的女性主义和政治正确的观点）探索狼皮外套的魔力。借由改换衣着装扮和（或）披上狼皮披肩，小红帽脱去历来传统对她那件红色连帽披肩的联想——罪、丑闻、血腥、随便与异性上床，而拥有新的意义。这些修订版包括可能将小红帽写得更具有权柄、夸张她的动物本能，或给她更高的自主性。有些版本挑战野狼所象征的父权，另一些版本只是挑战它在故事中的压制者身份，有些作者描述小红帽内心的黑暗面，有些则强调她天生的性欲或掠夺式的性爱策略。也有人为小红帽换上新衣，还有人完全将她改写成母狼人——或淫妇（bitch）。

其中最搞怪的版本就是达尔（Roald Dahl）的《小红帽与野狼》（"Little Red Riding Hood and the Wolf"）。达尔擅长撰写儿童及成人的荒诞韵文，常可见他在儿童文学中讥讽社会。[他最精彩、古怪的长篇故事是：《威利·翁卡、巧克力工厂、詹姆斯和巨桃》（*Willy Wonka and the Chocolate Factory and James and the Giant Peach*）]。达尔笔下的小红帽并未注意野狼的大獠牙，而是注意到它厚实的毛皮，她立刻从灯笼裤里掏出一把手枪射杀它。当说故事的人后来在森林里遇见小红帽时，小红帽正穿着狼皮的披肩。布莱克（Quentin Blake）为达尔《惊人的诗集》所做的插画中，小红帽穿着厚厚的动物皮草披肩，从头直盖到脚。

就像默西塞德郡版的作者一样，达尔改换小红帽的服装也意味着变更她的权力。但是他的女主角似乎对新衣服，比新衣服所代表的权力更感兴奋，达尔在描述三只小猪的诗文中，将这个观点阐释得更清楚。在这首诗中，小红帽强悍的名声已远传，三只小猪找她帮忙解决狼的问题。女主角依约杀死第二只狼，但最后

布莱克和塔波特所画的小红帽，将她红色的披肩换上狼的毛皮

她回家时，带的可不只是狼皮外套。

> 小猪，你永远不能信任
> 上流社会出身的年轻女子，
> 因为有人注意到，现在小红帽
> 不只拥有两件狼皮外套，
> 当她周游四方时，
> 还带着猪皮制的皮箱。

达尔的诗文推翻童话故事原有的情节，赋予女主角额外的权力。但是这些新剧情同时也在讽刺、攻讦女性主义，将妇女解放运动与消费权力混为一谈。她的胜利不过是一份时髦的说明。

同样地，在桑德海姆（Stephen Sondheim）的百老汇音乐剧

《进入森林》(*Into the Woods*)中，有更时髦的剧情。小红帽和外婆剥了野狼的皮，小红帽变卖红色披肩，换购时髦的狼皮连帽披肩。塔波特为这部音乐剧的同名故事书所绘的插画中，小红帽看来似乎刚刚去纽约第五大道的精品店逛街购物。

具动物本能的女主角

更深入观察卡特和塔尼斯·李(Tanith Lee)的小说，可以看出皮草与女权之间存有某种关系。在卡特1979年所收录鲜为人知的女性主义寓言故事集《血腥小屋》(*The Bloody Chamber*)中，女主角都是充满淫欲、凶悍残忍的。其中《老虎的新娘》("Tiger's Bride")剧情和《美女与野兽》相反，描写女主角洗掉她的人皮，象征去除人类的文化光辉或对家庭生活的爱好，也或者只是象征去除她从社会认同中学来的柔弱女性特质。在《狼人》故事中，外婆是个有名无实的角色，卡特以其短篇故事为基础，与乔登(Neil Jordan)合作改编成1984年的电影《一群狼》(*A Company of Wolves*)，故事最后女主角变成一只母狼。这部电影以一个年轻女孩的梦境诉说故事发展，影片中非常详细地引述源自狼人传说的历史和《小红帽》故事的民间背景。它讲述女孩第一次性经验的各种后果及其感受。

这部电影描述一名英国女孩，断断续续梦见一个名叫罗莎莉的女孩拜访她的外婆。她知道有一群狼人两道眉毛相连，也知道这些狼人非常好色，且它们不全是男性。她倾听外婆说故事，这些都是卡特引述自有关狼人的传说和故事的，其中包括16世纪法国法官博盖在任内起诉多名男女为狼人的历史文献。卡特同时叙述，梦中的罗莎莉勾引陪她到森林里散步的男孩。他们亲吻，她戏弄地跑开，爬到树上。这棵树倒像是在森林里众多树木中异军突起的阴茎象征物。在这树梢，她发现一个窝巢，里面的东西充满象征意义：红色的亮丽唇膏、镜子和一些蛋，这些蛋会孵出小小的人类胎儿雕像。

到卡特编撰这个梦中女主角前往外婆家的故事之时，传统的《小红帽》故事已变成象征女人性意识觉醒的寓言。罗莎莉身穿红色连帽披肩，带着篮子走进森林。她在森林邂逅一个英俊的陌生人，他两道眉毛相连，他说："我的口袋里有一件东西会一直指着北方。"这个看似吓人的东西原来是罗盘，他利用这个罗盘指路，比罗莎莉先到外婆家，而罗莎莉则是循着明显的小路前进，因此晚到一些。卡特融合旧传统与新思想，将《小红帽》的前身《外婆的故事》改写成男女互相勾引。英俊的陌生人吞噬了罗莎莉的外婆，并用火将残骸烧尽，但是罗莎莉抵达时发现一小撮头发，因此知道发生了什么事。卡特的女主角显然胸有成竹。她拿着枪将这个多毛的陌生人逼到墙角，他却不窜逃，反而在她注视下脱光衣服，接着她也将自己的衣服脱下来，丢进火堆里，与他披着睡袍一起钻进被窝。在卡特激起电影灵感的原著故事中，英俊的陌生人扬言要吃掉女主角时，她却大笑，因为"她知道自己不是任何人的俎上肉"，翌日早晨，她也变成狼。而在《一群狼》的情节里，年轻的英国女孩后来被一群狼吵醒，它们冲进她家，跃过桌子，爬上楼梯，将她丢出窗外。

这个修订版解开故事中潜藏的时代性欲潮流，将动物本能注入女主角的特质中，并阐述这个本能促使女主角变成狼形。卡特探索女性情欲是健康的，但同时也极具挑战性，有时甚至如脱缰的野马，令人不安。卡特其他故事的女主角同样具有性欲的黑暗面，时而淫荡，时而有受虐狂，时而自甘成为男人的猎物，她们甚至是毫不难为情的。罗莎莉欲火攻心欢天喜地与狼人上床，甚至连她外婆临终前也曾对狼人的生殖器大表赞赏（“哦！好大！”）。但罗莎莉长大成人毕竟要付出代价——外婆一命呜呼，她变得无家可归，变形为母狼，以致必须逃避家人。（据说卡特并不喜欢与她短篇故事大相径庭的改编电影结局，电影的结局描述狼被驯服了，清晨醒来发现女主角安然睡在它的怀里。）

在卡特所写与《小红帽》相关的故事及电影中，野狼不是女主角的压迫者、敌手，也没有拜倒在她的石榴裙下。女主角并没有打败野狼，而是与它结合。这对男女主角一会儿变成有攻击性的狼，一会儿又变为温顺的人。他们同步变形意味着彼此相互关联的角色认同，既含有黑暗面，也含有光明面，既天真又邪恶。卡特的女主角淫欲的那一面不只表明她天生的性冲动，还有性关系的复杂。

如果卡特的故事和电影基本上都是在探索性吸引力和交媾中容易引起争议的复杂特质，塔尼斯的《狼土》（*Wolfland*）则旨在探究性欲的区别。在她探讨母系社会传奇和女权黑暗面的短篇故事中，年轻的丽兹被差遣去拜访富裕、行径怪异的外婆，外婆所住的大豪宅四周都是野狼。外婆的食欲大得令人难以置信，她吃生肉，且以铁腕手段料理家务。她拍侏儒佣人的头，仿佛拍小狗似的。故事中回溯外婆往年的生活，显示她丈夫是会动粗的虐

性感艳星凯特罗尔在2001年的百事可乐广告
“小红帽与野狼”中担纲演出，剧中她流露贪婪的神色

待狂，于是她与母狼神立约，只要能杀死丈夫挽救女儿，她愿意每晚变成狼人。但是塔尼斯笔下的狼人不像卡特故事中的母狼，她的母狼人毫无性感意味。事实上，这个外婆变成狼形反而是旨在逃避婚姻的束缚和责任，后来的情节除了援救侏儒佣人之外，更是与男性毫无关系，这个侏儒佣人不啻象征脱离男性肉身的阴茎及被女人饲养的宠物。卡特的母狼象征性能力，亦即透过初萌芽的性吸引力点燃她的欲火，而塔尼斯的母狼神则使女人独立于男人。丽兹生长在有狼人现身的家庭背景中，因此也会变成狼形。故事的结局模糊地提到丽兹的未来充满能力，却很孤单。

2001年秋天，在美国大学“足球经典杯”电视转播中，百事可乐三十秒的电视广告对小红帽的动物性本能做了更功利主义的描绘。广告中有一只狼在嚎叫，背景音乐则是法老合唱团1966年热门唱片中的单曲《小红帽》，女星凯特罗尔在广告中身穿红色紧身洋装和披肩。她身段款摆地踩着红色的高跟鞋经过石子路，在布拉格的街头招摇。她所到之处，有一群身材健美的男人正喝着可乐喧闹，另两个人正在喝健怡可乐，最后走来一名英俊的绅士，在蜡烛丛中啜饮百事可乐。他似乎就是那只狼，但等着瞧。当心中的欲火被挑起，她凝视这名俊男，眼中随即流露贪婪的神色，仿佛内心正发出渴望满足情欲的狼嚎。

凯特罗尔借此翻转小红帽的传统形象。这支广告旨在吸引大学足球赛的球迷，而球迷中大部分都是大学男生，找凯特罗尔拍这部广告非常适合，因为她的成名之作正是在《欲望都市》中饰演四十多岁的浪荡女子萨曼莎，经常嘲弄一般人对男人性行为的刻板印象。借由融合野狼和小红帽的特质，她透露出女人追求性解放之展望时似非而是的矛盾，同时警告女人要“节食”。百事可乐的广告同时提供了似曾相识的情节：1981年凯特罗尔在校园喜剧《留校察看》（*Porky's*）一片中，饰演火辣的体育老师“甜心好小姐”（Miss Honeywell），这个角色使她赢得“莱西”的绰号，因为她在片中饰演的角色习惯在更衣室约会时发出狼嚎。

男性？女性？正常？

探索小红帽狂野那一面的所有文艺作品中，最令人难解的是多媒体艺术家史密斯所雕塑的半狼半人形的少女肖像。在长及脚踝的红色披风底下，这尊站立的雕像用亮彩纸、气泡式包装材料、甲基纤维素、头发、织布和玻璃做成，拥有人类的鼻子和眼睛，脸部长满了长毛。这个雕像名为“女儿”，也许意指小红帽与野狼所生的女儿？“女儿”介于狼与人之间，没有特别强调两性的战争，也未区分人兽或善恶之别，这个雕像刻意将以上所有特质模糊化，尤其挑战一般人从童话故事中习得的性别假设。

史密斯表示，多毛发的女人激发她的灵感，事实上这灵感来自美国杂耍戏团中长胡子的女伶米勒女士（Jennifer Miller）。米勒在戈尔德（Tami Gold）1995年所拍的纪录片《欺诈的性别》（*Juggling Gender*）中，描述她忍痛拔除下颚从十七岁开始长的胡子，但徒劳无功。利用脱毛剂和电烧法也无法去除，最后她视自己奋力除毛之举——撮违反女性躯体特征的毛发——形同否定她女儿身的价值。但是终其一生，她都在为性别认同奋战不已。这场交战从她个人内心，转移到上街走入人群忍受众人异样的眼光。在公众场合，米勒常被误认为男性。在这部纪录片中，她表示已将别人的眼光视为自我认同的一部分，也就是说，最后她或多或少接受了别人对她的看法。她达观的人生态度（至少在片中所表露的）深深感动了人们。其中有一幕是米勒在浴缸中，用水喷自己脸上的长胡须、头发和胸部，在蒙太奇拍摄手法之下，观众不禁会重新考量什么是男性、女性及正常。

一如米勒，史密斯的雕像《女儿》也挑战一般人所谓“正常”的观念。这两人彻底破坏了我们对世界及自己的理解，尤其摧毁了童话故事所说男女有别的观念。这样的人到底是好人，还是坏人？是男性，还是女性？是人，还是野兽？甚至这样的区分法适用吗？“女儿”似乎抓住其间的矛盾，她的眼神望着天，她的嘴巴微微张开，仿佛默然面对自己这个疑问。

淫妇——主流的恭维用语

我们对上述分类的理解，以及对男女和毛发广泛的一般性定义，使得女主角转变为野兽的故事和形象产生了力量。恒久不变的文化迷思总认为是女人驯服男人或镇定野兽的狂乱，最古老的故事里常可见这类情节。古巴比伦史诗描述神圣的英雄吉尔伽美什，以征服的手段和他的风流韵事蹂躏了乌鲁克古城。他将居民逼到绝境，众神为了耗尽他的精力、抗衡他的暴行，创造了一个比他更有力量的兄弟恩奇度。恩奇度全身长满了粗糙的毛发，与野兽同住，他吃草，喝大草原水洞里的水，不言不语。为了驯服他，吉尔伽美什派一个妓女和他上床。事后恩奇度沐浴、饮食、穿上衣服，野兽从此不再与他为伍。

有无数的故事描述女主角将野兽新郎变成英俊的王子，其中较为人知的包括《美女与野兽》和《青蛙王子》。也有些人将《小红帽》的情节改写成这类剧情。稍早提到的卡特短篇故事集是其中之一，还有格梅林（Otto Gmelin）的《红帽》（“Red Cap”），故事中的女主角驯服野狼，还原他真实的本性。1978年出版的这本故事书，其中一幅插画描绘一个女孩鼻子贴近披着狼皮的裸体男孩。但是女人教化男人的观念也被其他主题取代，诚如卡特所说：“如果男人心中存着一只野兽，这只野兽正与女人心中的野兽相契合。”

卡特笔下的小红帽及很多其他版本所描述的小红帽，若非穿着狼皮，就是变成狼人，这些情节不啻落入现代被称为“野兽女性主义”（beast feminism）的传统。从自由恋爱到毛毛腿；从以咆哮面对女性定义的束缚，到“塞萨的狼女”（Wolf Girls of Vassar）让大学校园中的女同性恋者不再隐藏身份；从加州性工作者工会*，到畅销书诸如埃斯坦（Clarissa Pinkola Estés）1992年出版的《与狼共舞的女人》（*Women Who Run With the Wolves*）等著作［这本书同时促使“野狼女人”（Wild Wolf Women）网站大受欢迎］，这些都说明过去数十年来，女人越来越常僭用原本是“男性”淫荡能力的隐喻。雷迪（Helen Reddy）1972年走红的热门歌曲《我是个女人，听我咆哮》（*I Am Woman*，*Hear Me Roar*），即是20世纪70年代对女性主义惊人的颂歌。80年代，一个号称是艺术界女性主义的匿名团体“格瑞拉女孩”（Guerilla Girls），戴着猩猩的面具在艺廊和博物馆挑战性别歧视的观念。她们穿着大猩猩样子的服装上电视，受访时，间或吃香蕉。她们相当著名的一张海报，贴在1989年的曼哈顿街头、凉亭和建筑物的围篱上，内容模仿法国古典派画家安格尔（Jean-August Dominique Ingres）1814年代表作的《大宫女》（*Odalisque*）——耽于肉欲的苍白的躯体，这是有史以来最有名的一幅裸体画，海报中的裸女戴着大猩猩模样的头套。旁边的图说写着：“女人难道非得裸体，才进得了大都会博物馆吗？”

坦白说，迎合野兽女性主义的“淫妇”（bitch）一词，已演化成恭维的意思。20世纪70年代，这个词变成激进派女性主义者为弗里曼（Joreen Freeman）所写《淫妇宣言》（“The Bitch Manifesto”）的呐喊之词，这个宣言明确地指出，在这个含有轻

* Call Off Your Old Tired Ethics，意即“停止你那令人厌倦的伦理观念”。——译注

蔑意味的词底下，隐藏着男人对女权的惧怕与憎恶。弗里曼指出："淫妇是第一批念大学的女人、第一批打破无形中拦阻女人从事专业工作之障碍的人、第一批劳工领袖，及第一批社会革命家。"今天，"淫妇"一词在种种用法中虽然略有差异，但指的都是女性的团结。女作家维特塞尔（Elizabeth Wurtzel）1998年出版的《淫妇：对不简单女人的赞美》（*Bitch: In Praise of Difficult Women*）一书封面，摆了她裸裎上身、俨然是往读者方向放出一只鸽子的照片——这给人一个印象：她具有像"赞成性爱"或"与我做爱"（do-me）的女性主义者那样的敏锐心思，同时又混杂着良好的旧式理念。维特塞尔书中倡言厚颜无耻、轻率鲁莽是女权的形式之一。"淫妇"也意指新的女性主义。今天，笔锋利落的年轻女性杂志《淫妇》（*Bitch*）即描述自己是"大众文化的女性主义批评家"，并这样解释其杂志名称："'淫妇'一词适足以道尽本刊风格，我们太努力工作，以致无法安静，无法不让别人听见我们的心声。"（该杂志的网站也解释道："这是一个动词，不是名词，这是一本杂志。"）

"淫妇"现在已成为妇女在街上彼此打招呼的用语，它已从时髦用语转变为主流文化用语。这个词究竟是挪用了施虐者的话，还是将父系社会轻蔑女人的用语内化成自己的用词，依旧有待商榷。女性特质和女性主义的观念已经改变，今天许多年轻女士听到别人称呼她"淫妇"丝毫不会动怒，甚至流行反驳一句："看你说的仿佛这是一个错误字眼似的。"

"野兽女性主义"抵制"女人驯服野兽"的传统观念，但它同时融合更广泛且年代可能更早的童话故事传统。在《与狼共舞的女人》书中，埃斯坦描写各种文化中的"狂野女人"原型，她称这原型为"拉罗巴"（la loba，即狼女Wolf Woman）。对她来说，女性比男性更适合用"野狼"一词来形容："健康的野狼和健康的女人有共同的心灵特质。"她写道：

> ……敏锐的知觉、爱玩的精神及高度献身的能力，野狼和女人天生是亲戚。具有极大的忍耐力、坚强、极深邃的直觉，非常关心其幼儿、伴侣和同伴……但他们却都遭人追逐、猎捕、骚扰，且常遭人错怪为贪婪、奸诈、咄咄逼人，或是比其诽谤者更没有价值的人。

埃斯坦在书中指出，她发现世界上所有的故事，只要一提到狼女，都象征女人"自然狂野的状态"。沃纳女士（Mairna Warner）在她所著的《野兽变金发女郎》（*From the Beast to the Blonde*）书中，也探索女人毛发代表的意义，包括受欢迎的童话故事中愚蠢的金发美女及古代民间传说中多毛发的母兽。她指出，故事中的英雄常因恶毒的诅咒而变成野兽，但是历代以来的女主角经常欣然接受她们的新皮肤，无论是貂皮、羊毛、鳞甲或羽毛，她们乐意将这些服装当作保护的盔甲。

如果今天的我们非常熟悉童话故事中的金发人物，本章提及的母狼将同时让你想起巴黎沙龙里那些女人所说的原始法国童话，她们反抗17世纪法国上流社会的传统，经常将女主角描绘为动物，作男装打扮，挑战传统对女人特质的看法。在她们所说的故事中，兽皮往往象征逃避婚姻的束缚，或意味着更高层次的爱情。女作家穆蕾特（Henriette-Julie de Murat）在她所著的《熊皮》（“Bearskin”）故事中讲述女主角为了逃避嫁给犀牛妖怪而变成兽形；另一位女作家奥诺依（Maie-Catherine D’Aulnoy）在她所写的故事《白猫》（“White Cat”）中，则改变《美女与野兽》的情节，她描述女主角困在兽皮里，后因男主角的爱而脱身。这些母兽提醒我们，女主角穿着兽皮并不是新鲜的故事，且让人想起童话故事的历史与小红帽的变形之间有某些关系——几世纪之后的小红帽变成母狼，也变成淫妇。

但是，这个新理解又留下一个疑问：当小红帽僭用敌手的若干本质，剥下它的毛皮，且由此引发若干联想，那么那只狼最后怎么了？诚如我们即将看见的，这些特质互相依存，如果狼毛披肩能使女主角变形，那么人类的衣着时尚也必能重新打造野狼的形象。

第八章

“狼”扮女装

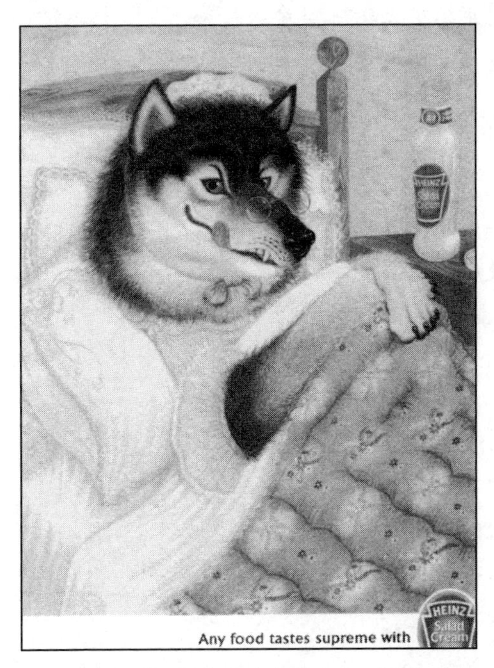

2001年伦敦《帝国》杂志内的广告：“任何食物只要加上汉斯沙拉酱，就会变得口味绝佳。”

小红帽

萨克斯顿/著

资料来源：1971年米夫林公司出版的《蜕变》。

许多人是骗子：

郊区的已婚妇人，
在超级市场举止端庄合宜，
将欲购之物的清单拿在手上，以免遗忘，
买了狗食，
整个人轻飘飘的，
让胃里充满氦气，
双臂放松，仿佛风筝的尾巴，
准备会见情郎，
就在苹果路一英里外，
在公理会教堂的停车场。

两个看似体面的妇女，
走近老珍妮，
让她看一个信封，
里面装满钱，允诺
如果她愿意给她们十张千元美钞的话，

就和她平分战利品，
这是需要信心的行动。
她一生的积蓄全都在床垫底下，
钱币都生了锈，
也有数过的痕迹。
这些钱币像梅干一样皱，
但还可以买卖。
这两个女人拿了钱，消失无踪。
道德在哪里?
并非所有的刀子都是用来刺暴露的肚腹。
岩石叠着岩石，
只形成海岸。
老珍妮已不信任床垫，
现在她已没有字纸篓可以装载她的青春。

“今夜”节目中的喜剧演员
模仿副总统，
令电视主播约翰尼·卡森（Johnny Carson）捧腹大笑，
也使成千上万人夜里迟迟不睡，
枕边人只得在一旁干瞪眼，
翌日清晨在他手腕划上一刀，
在阿尔冈京*的旧式浴室里，

* 加拿大安大略省东南部国家公园。——译注

他用刮胡刀像用牙刷似的，
墙壁和尿壶仿佛无名的观众，
浴帘仿佛松散的橡胶人观众，
而那一刀，
就像裁开信封那么简单，
温温的血像玫瑰般涌出，
在浴缸里流出像球和爪般的血痕，

而我，也一样。
在鸡尾酒会上相当镇定，
脑袋里却在进行心脏手术。
这心，可怜的伙伴，
径自敲击着它锡制的小鼓，
以昏昧虚弱的死亡节拍。
这心，没有眼睛的甲虫，
巨大的卡夫卡甲虫，*
惊恐地在它的迷宫里狂奔，
马不停蹄，
夜以继日，
直到嘴巴塞住一个苹果，
一切才算结束。

---

* 隐喻这只甲虫颇有哲学素养。——译注

而我，再次重蹈覆辙。

我在安海角*搭建一幢夏季别墅。

这个金字塔形建筑也是个幌子，

——只因新房子不会有任何人、兽、邪魔出没。

当我带着沐浴用品和茶包搬进去时，

海涛轰隆隆的声音像火车倒退，

每个车窗都有秘密像雾弥漫。我母亲，

那个逝去的灵魂，

坐在我的椅子上，

责备我遗失她那幢古老别墅的钥匙。

甚至电子厨房里，

也闻得出旅行的味道。海洋

不停地渗透到海浪新占的土地，

将我推往湿漉漉的轨道。

床铺带着我童年的霉味

我无法搬到另一个

有许多名人过新生活的城市。

很久以前

有一个奇怪的骗局：

一只狼穿着有褶边的衣服，

像个爱穿异性服装的人。

---

* 美国马萨诸塞州北部的半岛。——译注

但是我要继续说我的故事。

一开始，

只有小红帽，

这个名字是因为外婆

为她做了一件红色帽装，她一直戴着它。

那是一件连帽披肩，此外

那是红色的，红得像瑞士国旗，

是的，那是红色的，红得像孩子的血。

但是她爱外婆

更甚于那件红色连帽披肩。

外婆住在距离城市很远的森林那边

有一天，母亲给小红帽

一篮子的酒和糕饼

要她带去给外婆

因为外婆病了。

酒和糕饼?

阿司匹林呢?盘尼西林呢?

果汁呢?

彼得兔有甘菊茶，

但小红帽就只有酒和糕饼。

小红帽在前往森林的路上

遇见野狼。

“日安，野狼！”她说。

心想它的危险性并不会

高于汽车或乞丐。

它问她往哪里去，

她亲切地告诉它。

在到处是树根、枝干集结、

苔藓内长满蕈菇的森林里，

它计划如何吞噬她们祖孙俩，

外婆必定味如老萝卜，

小女孩则是刚发育的嫩肉，

包着红红的披肩。

它要她观看血根草、

小菜萸、犬齿状植物

并摘一些花草送给外婆。

她照着做。

这时它却开溜，

先到外婆家，将她吞噬入腹，

速度快得像只打了一拍。

然后穿上外婆的睡袍、睡帽，舒服地躺在床上。

骗人的家伙。

小红帽

敲门，进门，

带着她的花、糕饼和酒。

外婆看起来很奇怪，

这场病仿佛使她脸色黯淡，长出毛发。

哦，外婆，你的耳朵好大，
耳朵、眼睛、手和牙齿都大。
全都为了更容易吃掉你，亲爱的。
因此野狼将小红帽狼吞虎咽，吃进肚子里
仿佛吃胶糖一般，吃得脑满肠肥，
简直像怀了九个月的身孕。
小红帽和外婆
好比约拿*，
随着野狼的呼吸，一路滑进它的肚腹中
里面还有一只鸽子和鹧鸪。

它很快就进入梦乡，
梦见自己穿衣戴帽，
毫无狼形。
接着来了一位猎人，听见屋里鼾声大作，
推测外婆一定不在屋里。
他打开门，说：
“哦，原来是你，老罪魁。”
于是举枪准备射杀它，
但突然想起外婆可能被吞进狼腹。
于是改拿刀，切开睡狼的肚子，
像动刀做剖腹产似的。

---

* 《旧约圣经》的先知，曾被吞进鲸鱼腹中。——译注

那是一把情欲的刀，
让小红帽像小狗般，
活着脱离狼腹。
外婆也是
依旧等候糕饼和酒。
他们判定野狼也和人一样
不是给它一枪就能毙命，
于是将它肚腹填满
大石头，然后缝合。
它的身体重得像坟墓一样
当它醒来，试图逃跑，
却倒地不起。被自己的体重压死。
许多骗局都有这样的特征。

猎人、外婆和小红帽
坐在它的遗体旁，享用糕饼和美酒。
祖孙俩记不得裸体和残酷的事，
从那次小小的死亡经验，
小小地再生，
从她们滑进及离开狼腹。

伦敦一家杂志内的广告描绘一只狼舔着嘴角，上面的图说写着："任何食物只要加上汉斯沙拉酱，就会变得口味绝佳。"这是心理学所谓的"残留的感觉"（after image），而"先前的吃人肉感觉"更常见于童书中。野狼摸着肚皮，露出诡诈的微笑，意犹未尽地伸出舌头舔着嘴唇和鼻下。这个饱食一顿后的恬静情景，点出童话故事结局外经常被忽略的怪异矛盾。野狼散乱的深色毛发、湿鼻子、尖锐的牙齿和邪恶的眼神，暴露了它是杂食性动物、贪得无厌的掠食者。但有件事很有趣，广告中的野狼从缝了褶边的袖子里伸出毛茸茸的手臂，露齿而笑，头上的无边软帽在下巴处系成一个小巧可爱的蝴蝶结，还有绣了花边的粉红色被褥和带蕾丝边的枕头，这只狼是怎么了？

野狼予人好色的联想

野狼是童话故事中常见的恶棍，在西方世界中，它是意象最明确的象征物之一。在欧洲乡间，古时候野狼象征恶魔，或是以狼人形态现身的魔鬼。现在欧美视野中狼为男性的表征，意味着好色（一如字典所示），且是单身汉的守护神。从美国默片演员朗·钱尼、洛斯·罗伯斯（Los Lobos）到狼人杰克（Wolfman Jack），全都蓄胡须，会嗥叫，爱好爵士乐及摇滚乐，散发着男性魅力，吹狼式口哨，时而发出狼嚎，这几乎是全球公认的求偶之声。然而尽管野狼引人产生清晰、强有力的联想，但是它似乎未如乍看之下那么简单。更仔细思考，狼在童话故事中的象征意义，一如范畴更大的文化神话，都包含令人震惊的反证。

佩罗笔下的狼夺去少女的贞操，“遇见狼”一词的典故即出自佩罗的故事，在他之后几个世纪，法国艺术和文化将狼或类似的动物形象定义为“对女人垂涎欲滴”，最后色狼便成为通俗视觉语言的一部分。福塞利（John Henry Fuseli）的代表作《梦魇》，会不会是指狼人？画中那个多毛发的梦魔坐在沉睡女孩凹凸有致身躯的白皙乳房之上，另有一匹马（有一位艺术史教授曾解释说“马”有性欲之类的隐喻）盘旋在女孩的上方。第四章提过的18世纪匿名者所记载的狼人攻击女孩传闻，那狼人被控的罪名就是奸杀。法国绘画大师高更（Eugene Henri Gauguin）的名画《丧失贞操》（*The Loss of Virginity*），明白阐述法国古老的俚语：一只狼伸掌向斜卧的裸女，她睡在琥珀色黄昏下的青绿森林里，身旁的野狼体积缩小到如她的尺寸，这仿佛是相当受欢迎的隐喻——性爱之梦。到了20世纪，电影给人隐喻。朗·钱尼1941年在《狼人》（*The Wolf Man*）片中，弓着背一亲波霸艳星伊芙琳·安克斯（Evelyn Ankers）的芳泽。尽管据说朗·钱尼每每得花数小时，才能套上牦牛的毛皮扮狼人，但这个好莱坞妖怪已极为拟人化。我们的狼人在古文学和法院文献中，都是用四只脚走路，且具备狼所有的特性，现在它的鼻子是扁平的，双手也像人类。“这些都为了能更容易抓住你，亲爱的！”

朗·钱尼的妖怪扮相完美地捕捉到法国俚语中有关佩罗笔下色狼的形象。戏中潜藏的前提是：在恐怖、夸大的场景背后，真正发生的事情是男女约会，对见过电影海报或广告的观众来说，这种隐喻是很明显的。后来的这类电影，例如：1962年的影片《女生宿舍的狼人》（*Werewolf in a Girl's Dormitory*），就更明显地

朗·钱尼于1941年的电影《狼人》中，
准备向约会对象伸出魔爪

以喜剧形式表露这个主题，最近的电影则出现各种不同的变奏版。1981年出品的电影《美国狼人在伦敦》（*American Werewolf in London*），混合恐怖和喜剧的气氛，片中有一位年轻人被狼击伤之后，睾丸激素激增。1994年杰克·尼克尔逊在主演的《狼》（*Wolf*）剧中，极其抽象地逐渐由老鼠转变成人。他所扮演的旺达尔是一个胆小、上了年纪的出版商，妻子和工作都被年轻的同事夺去。但是，在他遭野狼袭击之后，却变得强壮刚健、勇气百倍，不但夺回事业，并追求老板可爱的女儿。当他变得越来越没有风度时，他的魅力反而越发增长。令人印象深刻的一幕是：上厕所时，他站在无耻的同事旁边，故意将尿洒在那位年轻同事的鞋子上，以示这是他的“地盘”。

这些文艺作品和电影中的野狼（或狼人），展露出让人赞扬的男性形象，与象征顾家、没有骨气的狗形成对比［例如，2000年出品的电影《使出浑身解数》（*Best in Show*）中，有引人爆笑、戴布帽的纯种贵宾狗及小猎犬，它们只会遵从喋喋不休的主人的命令，亦步亦趋行事，这无可避免令人联想到怕老婆的丈夫］。如果以极端的角度来看，拟人化的狼同时令人联想到野蛮的男子气概和憎恨女人之心。1990年，一群游荡街头的年轻小伙子在纽约中央公园轮奸一名慢跑的少女，并将她重殴致死，报纸立刻称这群年轻人是打家劫舍的“一群狼”，并创造了一个新词来形容他们的罪行——野性未驯（wilding）。1999年的电影《心灵角落》（*Magnolia*）中，有一幕衍申掠食者神话意义的戏，适足以做这个词汇的注脚。影星汤姆·克鲁斯在剧中扮演电视界非常有胆识的精神导师马凯，他说话的口气非常有男子气概，且要酷穿着鹿皮厚上衣，率领一群男人高唱雄赳赳气昂昂的：“尊重男人！驯服女人！”银幕上打出电话号码：“1-800-TAME-HER（驯服她）”，银幕背景出现一幅若隐若现的巨大标语，一只魁梧、强壮的大野狼（身穿像马凯的服装，搭一件黑色的皮革背心），把一只猫追得惊慌而逃。在这情节中，猫显而易见的惊恐，与野狼精神饱满的掠食乐趣，同样意义非凡。背景的标语写着：勾引与摧毁。

马凯的表现显示，在两性的战场上，野狼是一个武士，而交媾则象征男性的征服和憎恨。马凯将两性视为互相敌对、认为性是征服的想法，可从一则拙劣的老笑话看出。话说有一个女人长得像“郊狼那么丑”，如果有宿醉的男人翌日醒来发现手臂上枕着这么丑的女人，男人说他们宁可咬断自己的手臂“逃跑”，也不愿吵醒她，这可能需要稍微说明一下，才会领悟其中化身为狼的并不是女人。更有甚者，就现代人的交媾规程而言，昨夜雄赳赳的男人（狼）也会变成今晨丑陋的郊狼。

令人好奇的是，被人类想象成花花公子的野狼，在动物世界中并没有什么地位。真正的大灰狼（Canis Lupus）丝毫不是玩弄女人的潇洒男人（或玩弄男人的女子），事实上，有人认为它们无可救药地浪漫。大灰狼是动物王国中少数维持一夫一妻制的族群，常可见它们对爱侣忠贞不贰。自然生态学家西顿（Ernest Thompson Seton，美国童子军创办人）说，他曾追踪一只恶名昭彰的大灰狼。这只皮毛价值一千美元，爪印长达五寸半的大灰狼，19世纪末在美国新墨西哥州横行多年，对多处牧场造成极大的威胁。尽管牧场主人协议长期合作，联袂防堵大灰狼攻击牧场的牲畜，但是大灰狼一再逃脱众人的追捕，它甚至在许多牧场主所设的陷阱中留下粪便，嘲笑众人无能。但当塞顿等人逮着它的爱侣并击毙之后，大灰狼尾随遗体的痕迹到猎人家的院子束手就擒。西顿显然深受这个出乎意料的爱情故事感动，他写道：“可怜的老英雄，从未停止寻找爱侣的芳踪。”

变装之狼挑战性别界限

在大众文化中，童话故事经常反复述说着人类对狼根深蒂固的联想，即便这种联想是毫无根据的；尤其是在现代的广告中，小红帽理所当然地要和危险的花花公子一起配对出现。1997

年《纽约时报》一则时髦的跨页广告《小红帽》中，野狼改扮成仪表风度绝佳的帅哥，广告照片中眼神充满贪婪的男模特儿跑出森林，下方的图说写着：“追逐榴裙者”。内文标题则是：“他行为不端、下流，是披着羊皮的狼”。下一版，这个“行为不端者”的手伸进金发小红帽开高衩的裙子里，小红帽则斜倚在树旁，流露出十分撩人或说是销魂的样子，旁边的文字写着：“她是最正经、最天真无邪的女郎，现在却完全看不出来，因为她穿着当季最性感的裙子。”

最近出现的另一则广告则是eLuxury.com网站所刊登的，广告中的野狼蓄山羊胡、穿黑色皮革外套，频向美女送秋波。他跨骑在摩托车上，一只手伸去掀小红帽的裙摆，饰演小红帽的金发、樱桃小嘴模特儿身穿亮红色洋装。她略张嘴，作轻蔑的“哦”声。图说写着：“这是：①小红帽拜访住在皇后区的外婆，②小红帽炫耀名牌Salvatore Ferregamo最新款式的服装，③深夜切望在人群中打混的男人”——这三项选择都影射性欲。

尽管童话故事表达人类优势文化对狼的迷思，但这迷思也常被童话颠覆。诚如汉斯沙拉酱的广告给人相反的野狼印象，亦即狼是穿着有褶边和蕾丝边服装的掠食者，故事的剧情也不会只有一种。最近几年，小红帽的形象越来越淫猥，而野狼却越来越温良。事实上，这个胸部多毛的乡下情郎甚至变成同性恋者。萨克斯顿1971年改写格林童话故事时，就说：“很久以前，有一个奇怪的骗局，一只狼穿着有褶边的衣服，像个爱穿异性服装的人。”

一度是小红帽衣着的特色，如今反而变成野狼的。这故事已变成描述男扮女装、扭曲性别与性爱之文艺作品的素材。最

eLuxury.com网站2000年的广告照片：
小红帽拜访住在纽约皇后区的外婆

近雪梨同性恋狂欢节的一场表演中，男同性恋者雷吉（Reg Livermore）饰演小红帽的角色，即穿着“风韵成熟的塑料皮裙”，野狼和外婆也穿着“非常端庄的洋服”。有一位诗人在立场超然的《奉承》（*Flatter*）杂志中指出，这个恶棍（野狼）的服装品位之奇与其胃口之怪难分轩轾：“野狼拉开门闩/二话不说/走近外婆的床铺/吞噬她/穿上外婆的衣服/那是她最好的吊袜带和高跟鞋。”

1989年拉森（Gary Larson）笔下的卡通狼，穿着一件印有花纹的睡袍，坐在精神科医生的诊疗椅上。这个恶棍说：“这不过是有关一个小孩和一只野狼的故事罢了，但我只是断断续续装扮成外婆。”

拉森的卡通会那么滑稽，部分是因为变装乃是乖僻的行径，且因精神科医生的诊疗椅正是使人忆及童年幻想的地方。此处，一如弗洛伊德学派心理学家班特海姆等人所假设的，“原型”含有分析个案往事的意义。就像萨克斯顿的诗或《奉承》杂志里的诗句，卡通里的这只狼在奸笑，因为它已经抓住故事的要素，但大部分读者至今却未领略。更有意思的是，穿了衣服的野狼具有吓人和娱人的功能，因为这样的装扮强有力地反驳了它在传统童话故事中被树立的恶棍形象。

就定义上来说，变装含有颠覆意味。衣着是人们区分男女的主要凭借，当人男扮女装或女扮男装时，不啻是挑战别人对性别的理解。但是，变装的野狼不只是穿男人的衣服，更是穿了衣服的“男人”，亦即穿了西方世界视为不具有男性阳刚气息的有褶边服装。就字面上的意义来说，男女一阴一阳彼此相反，但喜欢穿异性服装的野狼将性别扭曲的象征意义发挥到极端的地步，使人在区分男女上面临终极的挑战，诚如加伯（Marjorie Garber）在她对爱穿异性服装者的广泛研究——《既得权益》（*Vested Interests*）——中所称，这是“分类的危机”。

也许爱男扮女装的野狼并不是上述分类危机的“终极”表现。固然有人耻笑野狼作女性装扮，但是还有人注意到更令人讶异的是野狼居然怀孕了。萨克斯顿写到，在它吞下小红帽之后，“仿佛怀了九个月的身孕”。萨克斯顿诗集中由女画家斯旺（Barbara Swan）操刀的插画，其中一幅就画着野狼躺在床上，肚子鼓鼓的，仿佛快要生了，猎人在一旁附耳听它肚子里有没有胎儿的声音。类似的情境也见于意大利插画家蒙垂塞（Beni

Montressor）为1991年出版的童书所作的插画，画中用鲜亮的色彩绘出野狼怀胎的子宫。在这个金色、红色相间的阴暗子宫里，小红帽漂浮在羊水里，活得好好的。童话故事残忍的结局完全被改写，正在睡觉的野狼带着母亲般的笑容沉沉睡着，小红帽在它的肚腹中安全、健康、受到保护和包藏，也许她会在里面踢它。将野狼联想成恶棍和男人的传统形象完全被抹除；现在它正如萨克斯顿所形容的“毫无狼性”。怀孕却生不出来，可怎么办呢？在萨克斯顿的诗中，猎人用刀割开野狼的肚皮，就等于是

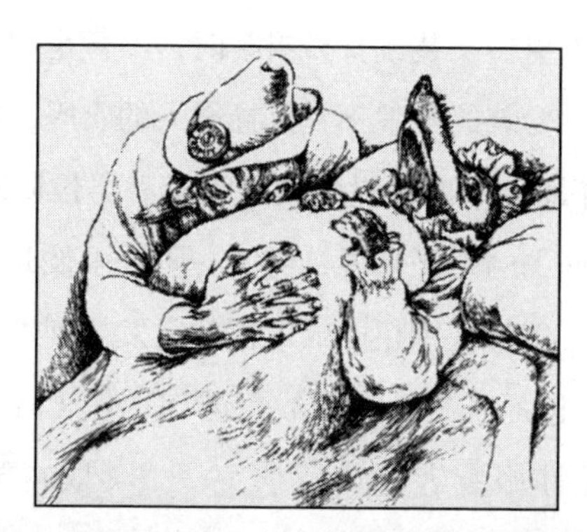

上：斯旺1971年所画的野狼“快要生了”
下：蒙垂塞1989年所作的插画，在野狼肚腹里有个小孩

“动了剖腹产的手术”。小红帽“仿佛小狗般，活着脱离狼腹/外婆也是”。

因此，原先象征男子气概，甚至象征厌恶女人之心态的野狼，现在也象征爱穿异性服装的人、准妈妈，甚至有时也象征外婆。《国家》（*The Nation's*）杂志1997年秋季版的封面，即画着野狼身穿老妇人的睡帽和睡袍，手臂里抱着小红帽为她读故事书。一旦略过男子气概，这个残暴的恶棍立刻变成它原来伪装的那个角色，一如怀有母性光辉的女家长。

狼也有女性化的一面

萨克斯顿的诗和各种为野狼平反、将它女性化或改写成怀孕的修订版《小红帽》，其实都反映出各时代的风潮。也许我们对男人、女人的定义正陷入困境，如果像女性主义者所主张的，女人可以做和男人一样的事，则男人也可以做女人的事。因此，20世纪有越来越多的男人思索他们较“女性化”的那一面，事实上，我们的文化已形成一股风潮，鼓励男人更像女人。今天，一般人均认为所谓的现代男人应当会哭、会吃酥壳馅饼，甚至像塞恩菲尔德（Jerry Seinfeld）一样的男人携带女用“手提包”。这些SNAG男人——即“敏锐的新好男人”（Sensitive New Age Guy）会在男厕帮孩子换尿布，美国的男厕现在都设有尿布台，一如女厕。布莱（Robert Bly）因格林兄弟的童话故事激发灵感，在他探讨男性运动的书中，鼓吹男人效法古老童话故事的男人，他甚至为到处可见“软弱的男性”（soft male）感到悲哀。

向男性服饰惯例挑战，反映了（甚至强烈地反映了）男女行为规范的改变，不只是质疑男人的责任和角色，且质疑我们对男子气概的理解。乔治男孩、男歌手鲁保罗（RuPaul）、圣域合唱团（Divine）已确立吸引人的男扮女装标准，将一度被视为极端女性化的穿着转化为男装风格，再加上极富阳刚味的格调，借此神奇地跳脱两性服装区隔。十多年前，芭比娃娃的男朋友肯尼在旧金山卡斯楚区的商店橱窗中展示时，即男扮女装穿着粉红色的印花裙，携带浅蓝色的塑胶皮包，在他的包装盒上写着："他是个英俊的王子！"1993年，芭比娃娃和美国大兵娃娃乔都作异性打扮，一群自称是"芭比娃娃解放组织"的人偷偷将两个娃娃体内的音箱对调，再将他们放回商店的橱窗，因此芭比娃娃变成以男中音咆哮："只有死掉的男人不会说谎。"而乔则女声女气地说："要去逛街购物吗？"甚至在1988年拍的一部小成本闹剧电影《怪狼之诅咒》里，狼人也穿女装。这部模仿电影《狼人》的小成本制作，情节古怪，完全不符合狼老谋深算的心思，可说是完全颠覆了朗·钱尼传奇性的狼人形象。改编版的男主角不是披着阳刚味的狼皮，而是受苦于诅咒，只能获得有名无实的人形，每逢月圆时，它都会变成"长发、红唇"的人类。不像知名特效电影演出男人的手长出许多兽形的关节和爪的情节，我们看见的是狼人的手快速变成像女人一样的手，有着修剪得极其完美的红色指甲。

甚至男人具母性光辉的幻想也变成主流文化的一部分。例如电影《妈咪先生》（*Mr.Mom*，1983）、《窈窕奶爸》（*Mrs. Doubtfire*，1993）、《三个奶爸一个娃》（*Three Men and a Baby*，

1987)，及阿诺·施瓦辛格饰演孕妇的《魔鬼二世》(*Junior*，1994)。还有更诡异的“感同身受之腹”(Empathy Belly)，这套模仿孕妇感受的装备在1989年由琳达·韦尔（Linda Ware）研发，博斯威公司(Birthway)制作。这套重达三十五磅的装备，包括一个帆布做的背心，里面装了水、铅块和像钟摆的东西，只要一推挤它，就会产生类似胎儿在母体里胎动的效果。根据该公司的促销文宣所言，这套孕妇装可以让丈夫体验怀孕的若干身体征兆，包括体重增加、行动不方便、呼吸急促，甚至大小便失禁等。这套装备中有一个分离的水袋，可以漂浮在膀胱上方，导致尿频。为了避免让人以为这套装备只有尽责的丈夫会购买，该公司指出，1997年美国俄克拉荷马州的阿尔发·陶·奥米加兄弟会（Alpha Tau Omega fraternity）成员为了募款，穿着这个看起来有点失态的装备达一个月之久。市面上有了这款装备，看来在小红帽的野狼真正怀孕之前，男人怀胎是迟早的事。

男人变装古今皆有

新时代有新的故事……但是作异性装扮、怀孕的野狼只是时代的轨迹吗？如果童话故事中女性化的狼乃是应当代思潮而生，则它绝不是植基于新的风俗。因为爱穿异性的服装并没有什么值得稀奇的，从莎士比亚、电影《窈窕淑男》(*Tootsie*）到玛丽莲·梦露主演《热情似火》(*Some Like It Hot*）中的柯蒂斯(Tony Curtis）和拉蒙（Jack Lemmon)；从圣女贞德、法国小说家乔治·桑（George Sand）到麦当娜，有史以来作异性打扮一直是主流文化不可或缺的一部分。1895年12月号的《仕女标准杂志》(*Ladies Standard Magazine*)为小红帽设计了一套服装，并声称这套衣服不只适合"娇小的新女性"，且适合"尚未剪掉鬈发或不喜欢长裤的小男生"。在佩罗生存的17世纪，男人和女人的服装都有褶边。

高跟鞋是经法王路易十四推广而大为流行的，因为路易十四身高只有五尺四寸*，当时的贵族男性出门时都会化妆，并在假发上撒香粉，配挂华丽的绣章，打扮之妖娆不输其夫人。路易十四有一位兄弟是双性恋，他时而作男性装扮，时而穿女装。此外，有人怀疑佩罗正是撰写有关异性装扮之中篇小说《班纳维镇侯爵夫妇情史》(*History of the Marquis-Marquise of Bannerville*)的作者之一。这部令人难以置信的小说，在1695—1696年间以匿名方式出版，曾引起相当大的轰动。小说讲述年轻的男孩玛丽安从小被当成女孩养育，以避免上战场，因为他父亲就是死于战争。由于从小穿着铁制紧身衣，以致他的臀部像女人一样圆凸，且长出乳房，直到青春期他都丝毫不知道自己是男儿身。十二岁抵达巴黎时，陪同母亲出席宫廷聚会的他已是亭亭玉立的美少女。他在宫廷邂逅一位年轻、风度翩翩的绅士，这位绅士脸上化了妆、配挂绣章、相貌堂堂，不料却是个扮男装的女儿身!

玛丽安和绅士陷入情网，仿佛这是失望中注定的缘分，论及婚嫁时，紧张的气氛高潮迭起，因为彼此均不知对方真正的性别，然而结局却是出奇地美好。新婚夜脱下束腹、背心、胸罩和

---

* 约合一百六十三厘米。——译注

裙撑之后，双方都欣喜于命运的安排。他们决定继续在公众面前假扮异性，只在私下享受毫无问题的鱼水之欢。他们甚至生了一个孩子（令玛丽安的叔父倍感挫折，他原巴望这桩男人嫁男人的婚姻铁定不能生育，这样他就可以等着坐收渔利，继承侯爵家庞大的遗产，焉料玛丽安居然会怀孕，令他困惑难解）。

这故事听起来也许令人难以置信，但类似的情节绝非仅见于小说。据信这部小说是佩罗与法国学士院的天主教神职人员舒瓦西（abbé de Choisy）共同执笔的，后者正是当时最有名的异性装扮爱好者。根据舒瓦西的回忆录显示，身为朝臣、勤写日记者和历史学家的佩罗，是路易十四宫廷中最古怪的人之一，现实生活激发他写这部小说的灵感，或许也激发他写《小红帽》。

后来当了修道院院长的舒瓦西从小就被母亲装扮成女孩，穿耳洞，使用脱毛剂去除脸部的细毛。他很享受与路易十四那个双性恋胞弟的交往，每当他们共处时，舒瓦西都作女装打扮。长大之后，舒瓦西继续穿着像年轻贵族妇女的服装，至少在某些场合是这样，别人也认为他是女的。他在各省都作女人打扮，但是在巴黎却暗地与一名年轻女子相恋，约会时他变回男装。有很长一段时间，这对情侣都作异性打扮，甚至结婚时，也女扮男装，男扮女装。

尽管舒瓦西是非常有名的异性装扮者，但他同时也热衷于追求女性，常利用男扮女装的技巧骗取女人的贞操。17世纪的贵族社会，女人非常习惯在床上接待贵宾，年轻的女性贵宾常应邀与女主人共眠。依据回忆录，舒瓦西经常欣喜地以女装上了其他年轻女贵族的床铺，甚至在男女混杂的聚会中，神不知鬼不觉地与真正的女人做爱。

佩罗笔下的狼事实上并未穿着女人的服装（这类细节是后来的版本才有的），舒瓦西拐骗女人的策略显示，佩罗笔下的狼也以同样的伎俩进入少女的闺房，而舒瓦西正是佩罗在故事中警告女人要当心的恶棍。

为狼平反

也许舒瓦西的癖好并非我们今天所悉的“性别扭曲”。德让（Joan DeJean）等法国历史学家指出，17世纪的人认为性别只不过是暂时的状态，而非永久不变的身份，性别是可以通过学习获得，而不是出生时就注定、永远无法改变的。舒瓦西作异性装扮，或侯爵玛丽安夫妇这类事，都不算是“扭曲”性别，因为当时的观念允许穿着非原本性别的服装。但是这股历久不衰的异性装扮、跨越男女界限和制造“分类危机”的风气，显示野狼穿着有褶边的衣服，或小红帽披着狼皮外套，都不是实践当时的文化，而是表达持久不变的文化习惯。此外，请考量人类很久以前就赋予野狼但直到今天才有所转变的另一个特质。

几个世纪以来，狼一直是人类憎恶、猎杀的动物。专门研究狼的专家洛佩斯为10世纪英国森林里的野狼平反，他撰文提及爱好和平的英国国王埃德加（King Edgar the Peaceful）准许百姓以狼头为税款，且可用狼舌支付罚款。近一千年后，隔洋对岸美洲大陆也一样，19世纪和20世纪间，美国政府会颁发奖励金给猎到狼的百姓，公家单位甚至雇用猎人专门猎狼。牧场主人也喜欢猎狼，一如他们的祖先曾剥下狼人的皮一样。美国人在20世纪大举猎野狼，使北美洲的野狼濒临绝种。

尽管老野狼曾被视为不折不扣的邪恶动物，但是几个世纪之后，这个象征诈骗伎俩已至炉火纯青的恶棍竟然变成受害者。

1973年，美国颁布濒临绝种危机的动物清单之后，野狼获得几乎是与过去相反的地位，一群野生动物保护者出面为野狼辩护。今天，数十个倡议保护野狼的组织全都是在过去二十年间成立的——敦促赞助者“认养野狼”。他们致力提高野狼的繁殖力，不但在黄石公园努力培育野狼，且制造“泰迪狼”填充玩具卖给儿童。明尼苏达州国际野狼保护中心的环保人士甚至责怪小红帽，害得野狼变成众人惧怕的动物，以致人们不断加以迫害，导致美国野狼濒临绝种。据悉现在有人重述这个童话故事时，改称小红帽才是真正的恶棍。有一个很受欢迎的汽车保险杠贴纸标语写着：“小红帽说谎，请还野狼清白！”“最后一次机会，姊妹！请高抬贵手，不要再伤害这个濒临绝种的动物！”

如今美国司法部甚至在其儿童网站上，刊登因《小红帽》引起之冲突的解决办法。该部表示，如果我们能“改变对野狼的刻板印象或看法”，聆听彼此的心声，也许故事会有不一样的结局。（还有一段话是给野狼的：“你可能觉得，我一直在传播对你不公平的谣言，害你过得很凄惨、孤单，且不了解为什么外婆不说你另一面的故事。”）鉴于野狼在儿童文学的地位，最近问世的儿童故事书出现这样的情节：野狼站在山顶小心翼翼地望着人类，身旁的幼狼问：“他们是很危险的动物吧？”

野狼穿着女性服装，女主角穿狼皮外套，或恶棍突然变成受害者，原先的猎物则变成掠食者，这些都不是违反社会规范的例外，而是反映社会规范本身的内涵。文化中所有神怪故事背后的真相，就是故事情节会有潮起、潮落和颠倒。诚如坎贝尔所言：

> 英雄无论是神还是女神，是男是女，出自神话还是梦境，都会发现并同化敌手（他自己未注意到的自我），他们不是被敌手吞没，就是吞没敌手。一次又一次的反抗都被打退。他必须放弃他的骄傲、美德、英俊的容貌和生命，屈膝或顺服于绝对令人无法忍受的人、事、物，然后才会发现自己和敌手并非不同种的生物，而是同一个躯体。

在童话故事中，敌对的人会互相吸引，经过一段时间之后，他们会角色互换。小红帽和野狼互换皮毛和裁了褶边的衣服，以及他们对男子气概、女性化气质的联想。修订版故事中被改写成娘娘腔的野狼，穿着绣花孕妇装，这不啻是弥补了野狼先前多胸毛、善于勾引女人的形象。它是性别可以替换的人物。我们所穿的服装，或童话故事主角的衣着，象征我们另一个自我的服装，都是人生戏服的一部分，会随着时尚、性别和身份而变化。或者诚如身高六尺七寸*、黑白混血、金发、常有惊人之举、喜欢男扮女装的美国知名变装同性恋歌手鲁保罗曾经说过的：“亲爱的，你出生时光溜溜的，其他每一件事情都是外加的。”

---

* 约合一百八十三厘米。——译注

第九章

色情《小红帽》

在阿庞特（Carlos Aponte）所画的明信片中，名为“小红马鞭”的女主角挥鞭，改写了小红帽过去被描绘成需要诱奸者或拯救者的形象

广为流传的笑话

“嗨，小红帽！”大恶狼在森林里发现这个女孩时说，“现在我将卸下你的小红帽，拉高你的小红裙，脱掉你的小红内裤，尽情享受鱼水之欢！”

“哦，你不能那样，野狼先生。”小红帽边回答，边从篮子里掏出手枪，瞄准野狼的脑袋说，“你得像故事所说的那样，将我吃掉！”

美国有一卷黄色录影带，封面照片是地牢的场景，其中有一个女人手腕被人用皮革绑起来。她穿着丝袜、吊袜带、细高跟鞋，身穿红衣服，她是一个快乐的寡妇，所穿的衬衣有两个凹槽袒露双乳。她左右各站着一个穿着暴露的金发女郎，脖子还系着像狗颈圈的饰品，背后还有一个女人，手里拿着鞭子。这是1996年出品的《小红帽的处罚》，善于演春宫片的肉弹明星小红帽，在“可能是她的告别秀”中演出。根据剧情简介，这一部以女同性恋者的身份叙述的影片，最高潮之处在于其中一个角色“被鞭笞，且绑在头顶上可怕的‘甜甜圈’大铁环上面”。

别介意“可怕”和“甜甜圈”这两个字的不相称。小红帽从淳朴、贞节的童话故事女主角，变成女同性恋者和春宫片肉弹明星，其间历经多少路程？调查结果显示，这一路走来她并不孤单，其他影射民俗传说的色情影片尚有《被拴住的灰姑娘》《爱丽丝在奴隶之地》《金发女孩和三个裸男》等。成人网站经常使用童话故事，于是原本单纯的幻想故事变成色情的情节。以“男用齐膝披风”（A.N.Roquelaure）为笔名的畅销书女作家赖斯（Anne Rice），将《睡美人》改写成纵情于性虐待之乐的剧情。在这部共三集的小说中，一开始她就跳过其中若干情节：“沉睡了一个世纪之后，睡美人因王子一吻而睁开眼睛，却发现她的衣服被脱掉了，她的心和胴体均在这个拯救者的掌控之下。睡美人立刻被带回王子的国家，成为王子狎玩的裸体奴隶。”

揭发童话隐藏的性爱意味

春宫作品素来恶名昭彰，此处所谓春宫之作纯粹指足以撩人性欲的东西。该不该准许色情文艺存在，甚或它的定义是什么，素来争议不断，莫衷一是，形成（赞同的）自由派和性欲倒错者，对抗（反对的）女性主义和保守派之战。但是，基普尼（Laura Kipnis）在她具煽动性的短篇文集《束缚与钳制》（*Bound and Gagged*）中，意味深长地阐释说，色情文艺的功过仍有待商榷，但是它已经存在，且挥之不去。更有趣的问题是，色情表露文化哪些层面、对人性有什么看法？尤其是在色情书籍的有限天地中，它告诉我们有关童话的什么真相？

色情作品扭曲童话故事并没有什么稀奇，因为几乎所有故事都能被染上这种颜色；而它的场景从董事会会议室到教室、网球场，全都关不住春色。基普尼让我们知道有所谓的同性恋老人、胖子和好作异性装扮癖者的色情作品，依此类推，色情文学的领域多得超乎想象。在幻想的世界里，童话故事只是冰山一角，其选择性之多不输于娱乐性。“情妇韦娜”（Mistress Vena，一度登上《间谍》杂志照片集锦的封面，模特儿穿着皮衣，假扮成前美国第一夫人希拉里的模样），在其网站上列出专为各种人设计的色情作品，诸如：“护士/病人、审问者/间谍、老师/学生、女性师长/男学生、警官/不良少年及马术专家/马。”她同时演说、论证有关童话的其他情节，包括剥夺性伴侣的知觉、将性伴侣做成标本等。事实上，童话故事可能是色情作品所看上的素材中最不令人惊讶的幻想天地。在成人影片区看见童话色情片并不新鲜，但是色情创作所“选择”加以改编的童话情节，可能深具启发性。

色情童话丝毫不在乎传统的贞操问题。前文提及的四卷录影带中，没有任何一卷遵循传统童话故事的构想。这些影片挑选的一些主题，都是最引人注目或令人印象深刻的情节，也许只是一个颜色、鞋子尺寸、主角明显的个性特质或严酷的考验，这些可能都不是我们所认知的传统童话故事主题，却是传统童话故事历久不衰、令人永生难忘且着迷的原因。蓬勃发展的次类型童话故事——色情童话，将童话故事中最关键的成见浓缩，惊人地瞥见它的弱点所在。

最明显的一点是，色情作品揭发童话故事隐藏的性爱意味。甚至连故事中微不足道之物，都变成夸张的性欲要素。灰姑娘的鞋子尺寸被化为充满色情意味的东西（在西方世界，脚的尺寸不可能是判断美女的标准，因此有人认为这个主题源自亚洲），有一家录影带发行商将《被拴住的灰姑娘》归类为“迷恋脚”类。金发女孩和三只小熊的故事则被改编成三个裸男和她的多P情节（最近美国电视的百事可乐广告也有类似的玩笑，但剧情只点到为止，凯特罗尔饰演金发女孩，在芝加哥足球熊队的更衣室，享受按摩泡澡）。《小红帽的处罚》中，女主角的红色披肩改为性感内衣；而迷恋女性内衣不啻是夸大这个常见戏服的性意味。

这些色情录影带搔到痒处的因素有一部分是逾越性道德，我们毕竟相信童话故事是为儿童而写的，且反映道德，但这些色情录影带的挑逗力量却具有更深邃的意义。童话故事的核心其实也关乎性爱，只是它旨在传达社会所期待的规范、礼节、素质和行为，好让人彼此吸引。传统童话故事旨在建立、定义我们对性最基本的理想，包括男人、女人的特质。早期的童话故事经常明目张胆地畅谈性爱。佩罗等人的童话故事取材的源头之一即是意大利诗人作家薄伽丘，他对色情有敏锐的嗅觉。巴泽尔17世纪时搜集五十则故事（若以故事的架构来算，是四十九则）编成的《故事中的故事》，里面有不少色情故事，有些甚至堪称色情喜剧。其中一则描述有一位斯多葛学派（即禁欲主义）的希腊公主，看见路过的老太婆裙子被风吹起而大笑，因为她裙下显露“令人联想到的森林风光”。巴泽尔的《睡美人》则是较晦暗的色情故事。这个17世纪版的睡美人，在沉睡期遭路过的国王强奸，然后弃置在森林里，这期间她怀孕了。等她所生的双胞胎儿子其中一人吸吮她手指头的毒素（这毒素是导致她昏睡的原因）时，她便醒来。佩罗第一次出版《小红帽》时，将小红帽的闺房描写得清雅可人，且巧妙地论及贞节，只约略触及一丁点儿法国色情文学的况味。色情版仅仅暴露童话故事终究不曾衰减，且依旧潜藏在儿童文学的核心剧情中。

色情童话同时告诉我们，性是怎么被定义及了解的。那么多的童话变成春宫、肉欲的奴隶、压制和性施虐受虐狂的故事——或者B&D*、S&M**绝非偶然。灰姑娘是天生的服从者；白雪公主那个邪恶的母后就是童话版的压制者；而小红帽的故事似乎侧重谈论她的“处罚”。在《小红帽的处罚》中，剧情尤其集中于此。

---

* Bondage and Discipline，以捆绑及处罚方式做爱。——译注

** Sadism and Masochism，施虐受虐性游戏。——译注

这卷录影带一开始，小红帽并不是走进森林，而是直接切入卧房场景，接着就是在地牢的剧情。在那里没有野狼、外婆、樵夫，所有原始情节中唯一被保留的只有红色，就是女演员裸露双乳的红内衣和她的不顺服。该片一开始便演出故事的结局，女主角受到处罚，这剧情足足耗掉二十分钟，处罚的方式包括搔痒、滴蜡烛、吊挂、上手铐、抽马鞭，当然还有头顶上的“甜甜圈刑具”（overhead donut），这是辅助打屁股的好道具。再深入思考，童话故事显然激发人们拍摄恋物情结的电影，这类影片毫无隐讳地用规范、顺从和处罚来揭露童话故事的恋物情结以及读者的迷惑。

女性主义者的不满

色情童话没有透露的一件事，就是绝对论，无论是指性欲、性别还是权力，虽然有人认为，这些隐喻在色情童话里面都有。像德沃金等女性主义者则牵连童话故事和色情的关系，在她看来，无论是童话还是色情作品都象征男性权力的威胁；童话和色情作品都将女主角描述成受压迫的、被动的，是男人的性爱佳肴，不啻是为各文化中到处可见的强奸、殴打女性添加文字记录：

> 色情文学是男女的文化脚本，也是主人与奴隶的集体脚本。它涵盖文化真相：男人与女人从童话的环境中长大成人，进入情欲的城堡；女人，怀有肉欲的躯体，身为成年受

害者的角色，拥有恶贯满盈的成年，因纵欲而遭报应，终致毁灭——死亡或完全顺服。

德沃金侧重于探索童话故事如何成为我们日后处理性欲和性关系的蓝图（诚如第六章所说）。她流畅地一路解析童话故事和色情文学，找出双方相同的脚本，结果发现色情文学只是将这方面的信息描述得更清楚而已。她意味深远且具煽动性的分析，为性欲及性别问题提供强有力的观察结果。她看出这些剧情千篇一律地将女性描写成受害者，不论是《睡美人》或《O的故事》（*The Story of O*），同样都遭受父权的压迫，而两位女主角的魅力均出自被动、美貌，使她们完美的死亡成为展现女性特质的终极目标。

但是，德沃金忽略了这两种类型作品都具有易变性。阅读她的文章可能会让人觉得，每一部色情影片都是让人厌恶的作品；每一个童话故事都是恒久不变的。事实上，她所犯的谬误与心理分析学家弗洛姆及班特海姆为《小红帽》进行的心理分析一样。童话版、色情版及综合版的《小红帽》都有其社会史，且一路走来剧情已有所改变。德沃金并未看清楚这两种类型的作品都是反映文化、社会价值和欲望的一种戏剧形式，尽管如基普尼所言，色情片的台词是猥亵的惯用语。童话故事和色情作品提供舞台和剧中人，探索社会规范和幻想，让观众了解什么是男人或女人，及社会对性爱与性别可接纳的限度如何。这些童话故事和色情文学都是在更大的社会动力范畴中被创造及了解的，它们可能是社会化的力量，但同时也具有反省力，告诉我们有关人性及社会变迁的问题。

相较之下，卡特则看见童话故事和色情作品及两者所属的更大范畴——神话，都具有调适的动力，只要我们能克服对这些作品的崇拜，就可以看出这种动力会挫人锐气，揭穿人性真面目，改写故事结局，侵吞人心。卡特观察到，在色情文学、童话故事或神话中，女性主要都是被动、沉默的角色。

> 色情文学涉及人类交媾的抽象意义，但人本身却被贬低为只是交媾中有名无实的成分。就其最基本的形式而言，交媾的成分可从墙壁上的涂鸦看出来，涂鸦经常画出♂与♀的符号、成双成对的男女。……在涂鸦中，经常可见阴茎总是朝上，意味着男人坚持维护自己的利益及表现自我。而女人的洞是敞开的、不活泼的空间。……男人是阳，女人是阴……她两腿中间除了零之外，什么也没有，这意味着她的人生空无一物，直到添加了男性的法则，她的人生才显出意义……涂鸦引导我回溯如神话般的我这一代，身为女人，我的象征价值基本上就是有耐心、逆来顺受、沉默寡言的迷思，仿佛牙齿已被拔光，不能言语。

就像德沃金视《O的故事》是色情与童话的混合体，这个故事将女人定义成她两腿中间的零，卡特也非难色情文学将女人定义为负面或毫无价值的迷思。令她愤怒的不是这个迷思本身，而是身为女人，她居然无法演出自己的剧本，选择自己的故事。卡特将《小红帽》改写为：外婆对恶棍起了淫念，且注意到他的阴茎（“好大！”），这个恶棍玩弄女人之心可能受阻，因为女主角知道自己“不是任何人的俎上肉”。

虚构的父权——女性压制者

即使略读色情童话，都可以看出这种类型的作品和卡特的故事一样有韧性且复杂。例如，色情童话常出现德沃金所谓任人摆布的女人，但是它们往往也偏爱塑造一个女暴君。看看以下邀请人加入色情网站的文案，其中就提到这两种女性。王子偶然巧遇睡美人：

> 他倾身搂着她，享受花前月下的浪漫时光，却难为情地发现她的上衣敞开……露出乳头……他忍不住紧抱她暴露的胴体，突然……大门被撞开，巫婆冲进来。她长得既高且壮，闪着冷光的黑色长发低垂，掩过她压制人的皮革制器具，这器具也在微弱的灯火中闪闪发光……她见王子的手紧握着睡美人的酥胸，于是兴奋地冲向他。

或者再看看《小红帽的处罚》封面那个百依百顺的女主角，与《小红马鞭》(*Little Red Riding Crop*)中的女主角相较，有多大的变化。后者将小红帽描绘为压制者。有一幅幽默的成人明信片，描绘野狼被吊起来打，被施以性虐待，而它的表情却是非常享受这种任女人摆布之乐。脚爪被吊在天花板手铐上的这只狼，穿着粉红色滚花边的女用灯笼裤、很相配的粉扑状拖鞋和圆锥形的胸罩。他还像狗一样戴了狗颈圈，这可是标准的“恋物狂着迷之物”。

不像拉森笔下穿着异性服饰的卡通人物，这只狼似乎对假扮异性的生活感到自在，一如女主角自在地穿着压制者的服装：高筒靴、网状丝袜，手持皮鞭和收割的食物。她那一篮“食物”——各种男人的阴茎，就放在旁边。

《小红马鞭》的剧情相当受欢迎。2000年美国俄勒冈州“恶劣态度专柜”（the Bad Attitude Boutique）推出一出戏，叙述野狼和外婆有过春宵——当然是像狗一样的交媾，被小红帽逮个正着。她一边吼着“恶犬”，一边猛力抽他鞭子。在里莱剧团（the Raleigh Ensemble）的戏码《很久以前可能发生过的事》（*It Could Have Happened Once Upon a Time*）中，“小红马鞭”（女主角的名字）与樵夫拍拖，她亲昵地喊他“伍迪”（Woodie），把他两腿中间的那东西叫作“斧头”。

当然，女性压制者多半只是被赋予虚构的父权，重点在于童话故事有能力描绘女性及男性的掌权者及其他剧情。本章前言的笑话显示，这个童话故事历经多少社会变迁后，女主角已变成能自行控制对性爱的享受。小红帽显然也能教导淫秽的口交，只要她开始在文学中担负“警告女人注意性冲动”的任务。

具有调适力量的性、权力、童话和色情童话人物的多重信息，都是非常复杂且能反映社会百态的。这些特性显示童话故事一方面在表彰社会规范，一方面又谈论罪恶。它们呈现道德观，同时却又表露罪行：童话故事很容易被滥用成犯罪指南。在人类幻想的天地里包括色情和童话故事，任何男、女、强、弱的剧情都不会永远长存。

第十章

挑战主流童话

演员威瑟斯庞（Reese Witherspoon）和伍德拜因（Bokeem Woodbine）在1996年的都会童话故事电影《高速公路》中，担纲演出

高速公路

电影剧情概要：凯萨琳·奥兰丝汀/撰写
马修·布莱特（Matthew Bright）/编剧、执导
资料来源：1996年该片制片商

十五岁的瓦妮莎（威瑟斯庞饰）是出身美国加州南部贫穷白人家庭的少女，有一天上完矫正读书方法的课，回到家发现母亲与胡子蓬乱的继父躲在墙角吸毒。接着继父在他们破破烂烂的公寓里对她性侵害，旁边的电视机正在报道最近发生的一起凶杀案，新闻主播说，这名连续奸杀多人的嫌犯又拐走另一个女孩。屋外，她母亲在卖淫时不意勾引到一名便衣警察，警方随即抵达逮捕她父母，并予以监禁。瓦妮莎熟识的一名社工适时赶到，要将她送到另一个家庭寄养。然而，瓦妮莎却将她绑在床柱上，然后径自往北到斯托克顿市*寻找长年失去联络的外婆。

瓦妮莎开偷来的汽车上路，半途先去找男朋友伍德（伍德拜因饰），要求他一起走，伍德是她矫正读书方法班的同学。由于他第二天早上必须出庭接受假释听证会，因此无法同行，只能送她一把枪作保护。于是她独自出发前往北方。下一幕，伍德因没有枪，被敌对的流氓分子射杀身亡。这时，瓦妮莎的车抛锚，她挥手求救，结果来了一位说话温和、相貌端庄的儿童心理医

---

* 加州中部商业城。——译注

生鲍伯·“狼”弗顿［Bob“Wolverton”，基弗·萨瑟兰（Kiefer Sutherland）饰］。

当瓦妮莎搭他便车时，他鼓励她谈谈她家的问题。他招待她吃晚饭，且赢得她的信赖，她拿出外婆的照片给他看。但是他提出的问题越来越令人毛骨悚然且变态，当他拿出一把如直尺的刮胡刀将她的长发割断时，瓦妮莎这才顿悟，这个人就是电视新闻报道的那个连续奸杀犯。“鲍伯，你这家伙一直都在高速公路杀害女孩子，是不是？为什么你要杀死那些女孩呢？”情况真是糟透了，直到她想起伍德曾经给她一把枪，于是她用这把枪顶住狼弗顿的后脑勺，说：“看看你那些恶劣的行径会造成什么后果？”狼弗顿在枪支威胁之下，将车子开往荒凉的交流道出口，下了高速公路，瓦妮莎问他，愿不愿意让耶稣当他生命的救主，接着将他射杀。事后她只稍微惊慌了一下，便镇静地去附近的车站吃早餐。这个身上沾了一些血迹的杀人逃犯向未发一语的女侍者说：“我看起来必定是饱受惊吓的样子。”

很快，瓦妮莎就被通缉了。其实狼弗顿中枪后并未身亡，只是受了重伤。他的脸被毁容，声带受损，以致说话得借用挂在颈部的机器发音，发出来的声音却像狼嚎，先前他隐藏在内心的那个野兽已显露在外表。但是警方和新闻媒体依旧未看清楚他的真面目。他在电视上被描绘成受害者，且其“求生勇气令人大受激励”。他美丽的妻子（布鲁克·希尔兹饰）为他的遭遇极其愤怒，过了不久瓦妮莎就被查出、逮捕、关入监狱。

瓦妮莎在狱中与一群囚犯共谋越狱，然后继续开始寻找外婆的旅程。这时有一名抱持怀疑态度的警察回到案发现场，发现地上有一撮瓦妮莎的头发，于是开始相信瓦妮莎的说辞。他和另一名警察搜寻狼弗顿的家，在衣柜里发现许多骨骸，显然狼弗顿在自家的库房囤积那些受害女孩日益腐烂的尸首，警方开始缉捕他。这时狼弗顿已经按瓦妮莎写在照片后面的住址前去找她，剧中人最后都聚集在瓦妮莎外婆停放拖车屋的公园。

瓦妮莎抵达时，在长颈鹿充气娃娃和塑胶制的草坪装饰品中，看见“外婆”躺在床上，头上戴着浴帽，身穿印花睡袍。这是童话故事的老套，瓦妮莎可不受骗第二次。她满脸失望，直截了当地说：“你的大牙齿可真丑陋，狼弗顿。”

接着影片立即交代她外婆已被奸杀，凶手显然是一个有恋物癖的强奸犯。瓦妮莎已习惯自己保护自己，有位邻居好奇地跑来看个究竟，这个干扰使我们的女主角抓住机会，拔掉狼弗顿手中的枪，然后将他摔倒在地，骑在他身上，猛力揍他。最后，总是慢一步的警方终于赶来。

当警方小心翼翼地攻坚时，瓦妮莎早已在外婆家外面等候，紧张冒汗到睫毛膏都流到脸颊了。他们战战兢兢地调查现场，她为自己的得胜开怀大笑，虽然有点晕眩，却没有像警方一样深感惊讶。她问：“你有香烟吗？”

将童话转化为对社会的批评

20世纪90年代，小红帽跟着转为X世代的强悍女孩。马修·布莱特导演的《高速公路》即以《小红帽》为底本，将剧情改写成南加州贫民区的故事，而不像传统童话那样脱离现实生活。女主角瓦妮莎也穿着红色的皮革夹克。她母亲是一个吸毒者，在脏乱的公寓里卖淫，好色的继父也吸毒，靠领失业救济金度日。传统故事中的森林改为铺了柏油的公路。当其监护人被逮捕入狱时，瓦妮莎便离开，向北方寻找外婆。当偷来的汽车抛锚时，她搭上狼弗顿的便车。从外表看来，他是一个端庄、相貌堂堂的儿童心理医生，不幸的是，他正是连续奸杀女孩的凶手，经常在公路上拐骗、奸杀搭便车的年轻女郎。

这部电影用明亮的色彩播出连环漫画式的故事，塑造手段快、狠、冷酷的恶棍。表面上，它是在嘲讽人生的起起伏伏，改变《小红帽》中每个人物的刻板印象，直接从新闻报道中撷取犯罪的题材。瓦妮莎穿着代表社会低下阶层的服装，即嘻哈的宽松的裤子、战斗靴，当她踏上自己的路程时，就是社会边缘人的化身。她的南部口音（好像是得州腔）更进一步划分她与主流社会的距离，她是洛杉矶时髦街舞（hophip）文化的局外人。她男朋友伍德是市中心黑人帮派分子，在矫正读书方法的课堂上认识她，他光头，长相粗壮、笨拙。他给她一把枪当作送别的礼物，由于没有枪支自保，他随即被敌对的帮派分子射杀身亡。

铺了柏油的都市丛林充满真实的危险，有流氓、枪械，且到处可见野狼。镜头逐渐集中在：①她那个多毛发、吸毒、令人毛骨悚然的继父身上，他对她性侵害；②一个频送秋波的警官；③中年好色之徒，一直在寻找口交的对象，试图以金钱诱拐跷家少女。最重要的是，《高速公路》一片探索性虐待的问题，及为何少女尤其容易偏离正轨，反复成为强奸犯下手的对象。瓦妮莎太习惯于遭性侵害了，以致继父毛手毛脚的逾距行止，对她而言只是一件讨厌的事而已。后来，她称狼弗顿病态的性习惯是“恶劣的行径”，他威胁要杀害她，然后与她的尸体做爱。

《高速公路》松散地按照众所熟悉的童话故事情节，编织出阐述社会不公义的黑色喜剧。瓦妮莎是为扭转局势，才拿起伍德给她的枪支向狼弗顿开枪，以求自保；但是没有人相信她这套说辞，毕竟她有跷家的记录，而狼弗顿却是一个在社会上“受人景仰”的人物。瓦妮莎在龙蛇杂处的狱中十分痛苦，这些牛鬼蛇神和她一样，都是社会上最没有权势的族类，贫穷、没有受教育、年轻、女性、社会适应不良、少数族群、无家可归。这些女性早已学会保护自己，有时甚至会用令人不安的暴力方式自保。没有人愿意处理她们的问题，找出令她们忧郁的原因，以致她们最后落得必须靠镇静剂及进疗养院“复健”过活。相对地，新闻报道描述狼弗顿是“勇气可嘉的受害者”，他出身世家、相貌堂堂、仪表风度不凡，即使遭枪击毁容后丑恶表里合一，但一般人还是看不出他高尚社会地位背后的真面目。在法律、新闻媒体和他妻子（其盛装与美丽令人联想到白雪公主）的支持之下，他居然可以轻易逃脱奸杀的罪名。

《高速公路》潜藏的主题是社会的悖逆，及挑战悲剧与永远幸福之间的分野。它的观点和信息来自以下数端：透过瓦妮莎的眼光，我们看见电影镜头逐渐拉开，扫描过矫正班的黑板，且领悟女主角看到的“klim sknird tac eht”，原来是“那只猫在喝牛奶”（The cat drinks milk）。如果不了解瓦妮莎每天被压抑的沉重心情，我们很难体谅她和其他囚犯以暴力方式越狱。尽管瓦妮莎的人生丝毫不像童话故事，但是她绝非不引人注意之辈，这次的结局与传统的童话大相径庭，最后一幕，瓦妮莎与狼弗顿在床上打斗，她打败这个远古的宿敌，将他制伏于地，改写童话故事的结局，却保留其道德教诲。

《高速公路》将童话故事转化为对现代社会的批评——夸大、揭穿一般人对种族、阶级、性别的刻板印象，并在运用剧情传统的同时，嘲弄童话故事。这部电影不只给《小红帽》里的人物新的面貌和衣着，且以女主角获得最后胜利的结局，来恢复法国古代乡间三姑六婆口传《外婆的故事》的原始训诲——女性当自力更生。这部电影出现早期童话的主题，显示《小红帽》故事的源头可追溯到多远以前，以及这故事如何周而复始。看来源自循环不息的东西，自然会继续循环下去，虽然后来的故事情节不完全相同！《高速公路》与口传民间故事不一样，它不只是当代的故事，且与童话故事长远的历史大异其趣。它将文学规范和童话的传统信息发挥得淋漓尽致，且高明地操纵观众的期望，创造虚拟实境的改版剧情。《高速公路》未遵从童话的传统，而是提供机会，翻新传统童话那些陈腐的角色和主题，重新检验童话之所以长命百岁、代代调适得宜的法则。

童话的三十一个功能

20世纪初，俄罗斯民俗学者波洛普（Vladimir Propp）最先研究童话故事的结构种类。他所著俄文版《童话形态学》（*Morphology of the Folktale*）出版三十年后，才于1958年被翻译成英文，他在书中比较、解构19世纪俄罗斯作家阿法纳斯夫（A.N.Afanas'ev）的一百个“幻想故事”，这些源自东欧的故事相当于西欧的神仙故事，被集结、编入阿尔奈和汤普逊索引中。波洛普作比较时，将故事情节分成若干基本要素，他注意到大部分神仙故事都具有相同的基本要素。他发现几乎可以将故事的主角减到非常少的数目，例如只有男主角、恶棍、神奇的帮助者，这些角色都顺着某些特定的模式发展剧情，当你从“重要性”和“功能”的角度去看时，他们在故事中所占的重要性和功能几乎一样。波洛普理出非常令人震惊的结论：所有的神仙故事尽管细节有很大的不同，但大体上都能归纳成少数几个故事类型，甚至只有一种类型。

波洛普的神仙故事“原型剧情”（ur-plot）开始如下：有家人离家；她（他）受到禁止或警告，却未听从；接着恶棍出现，企图与男（女）主角接触，获得有关她（他）的信息，以便加以欺哄；受害者被愚弄，不知不觉助长了敌手的力量，以致家人受到伤害或亏损。到此读者可能已经注意到，波洛普所描述的“原型剧情”，与《小红帽》若合符节。如果应用波洛普的专有名词，格林兄弟的《小红帽》和电影《高速公路》的剧情，可以分析成以下几个重点：

1．缺席：小红帽/瓦妮莎离家找外婆/拖车屋集中地。

2．禁止：小红帽被警告不要走离正路（或不要和陌生人说话）；瓦妮莎被警告有连续奸杀犯未被逮捕。

3．违背禁令：小红帽离开正路去摘花，且和陌生的野狼说话；瓦妮莎偷来一辆汽车，且开上高速公路。

4．侦察：野狼/鲍伯·狼弗顿与女主角接触。

5．弃守：小红帽告诉野狼，外婆家怎么走；瓦妮莎将全家福照片拿给狼弗顿看，照片后面写着她外婆家的住址。

6．欺骗：野狼假扮成小红帽进外婆家；狼弗顿假扮无辜的受害者，促使警方逮捕瓦妮莎。

7．共犯：外婆被愚弄，让野狼进门；警方被愚弄，逮捕瓦妮莎。

8．恶行：野狼吞吃小红帽的外婆；狼弗顿杀害瓦妮莎的外婆。

此处《小红帽》和《高速公路》分道扬镳。波洛普注意到故事的情节不同之处在于："受害的主角"，获"寻找者"拯救（最受欢迎的童话故事里，则是女主角被王子拯救），及受害者自救（以男性为主的故事常见的剧情，《外婆的故事》也有同样的情节）。就波洛普的分类架构来看，格林兄弟的《小红帽》代表受害的女主角等待他人拯救，而《高速公路》的瓦妮莎则是自救。

波洛普所认定的三十一个"功能"，并不是每个故事都能全部囊括，但这些功能确实经常以同样的秩序出现。除了上述八项之外，其余功能并不适用于《小红帽》，但它们却包含所有类型童话故事的剧情要素，且让我们清楚感受故事的密码。

8a．匮乏：其中一个家人缺乏某种东西或渴望什么东西（却得不到或尚未得到）。

9．仲裁：众人知悉主角遭遇不幸或匮乏；男主角被要求或命令；他获准离开，或被差遣出去。

10．阻挠：寻找者同意/决定阻止恶事。

11．分离：她（他）离家。

12．捐赠者考验男主角：男主角受到考验，且获神奇人物的帮助。

13．男主角通过考验，或没有通过。

14．神奇的援助。

15．迁移到另一个国度。

16．挣扎：男主角和恶棍正面冲突。

17．烙印：男主角被做了记号。

18．胜利：男主角打败恶棍。

19．起初的不幸获得补救（或矫正）。

20．男主角回家。

21．追击男主角。

22．拯救男主角。

23．男主角回家（国），未被认出身份。

24．假男主角做不实的指认。

25．有人向男主角提出艰难的任务。

26．解决之道：任务获得解决。

27．认出英雄。

28．假男主角/恶棍露出马脚。

29．改变容貌：男主角以新的面貌出现。

30．恶棍受到处罚。

31．婚礼：男主角结婚，且登基为王。

不同的版本，相同的结构与角色

波洛普这套分析法其中一个贡献就是，提供新的眼界让人了解童话故事历久不衰的原因，尤其是了解童话所谓的“生存方式”（survival forms），亦即《小红帽》的情节之所以到今天依旧适用、依旧被人拿来改写的原因。20世纪初期，阿尔奈所著《民间故事类型》已经确认，任何类型的故事都可能有数不尽的变异版，以致新故事源源不绝。好比更换主角的服装，随即产生新的主题，却没有改变故事的主结构。小红帽可能戴着像佩罗笔下那些贵族所戴的天鹅绒帽子，她的帽子也有可能是小小一顶，就像格林兄弟1847年版故事的插图（参见本书第二章前页所附插图），或是像古代英国乡下人常穿的红色连帽披肩，或电影版里的红色皮革夹克，甚至改到既无披肩也无兜帽。她可能遇见一只狼、狼人、魔鬼、身穿灰色法兰绒衣服的英俊追求者或疯狂的拦路强盗。森林可能被改成好莱坞夜总会、布拉格的石子路或南加州边界绵亘的荒漠，无论改成什么场景，这地方依旧隐藏着危险和陌生人，故事的基本要素还是一样。

波洛普指出，无论如何，不只个别的故事，所有类型的故事都含有这类相同的结构和基本的角色：恶棍、捐赠者（提供神奇援助者）、协助者、公主（或被寻找的人）和她父亲、被派遣的人、男主角和假男主角。

精确地运用波洛普的专有名词，其重要性莫如它潜藏的重点：基本的主角不只反复出现在单一故事的各种变异版，且出现在我们先前谈过的各种故事集中。我们太熟悉这些反复出现的主角了，他们反映人类部分的心灵，即使改了名字和剧情，我们依旧认得出他们，预料得到剧情发展，有时甚至完全不必思索。简而言之，波洛普的分类架构显示不只童话故事，且更大范畴的文化心灵（cultural mentality）都含有荣格学派心理学家称之为“人类集体潜意识”这种结构。基本上，童话故事反映人类生存的密码，通过童话，我们摄取这些知识。

如果仔细观察波洛普的观点，这个文化的密码反复出现，或有各种修订版本，甚至完全改变的状况就更显而易见了。考量他原型剧情之功能的第四项“侦察”，几个世纪以来它一直在三种极不同的社会背景之下，出现在三种不同的媒体上。维多利亚女王时代，英国插画家瓦特·克伦所画的廉价童书（参见本书第二章插图），显示胆怯、害怕的女主角穿得像个村姑，全身几乎被红色的连帽长披肩盖住。她对面是魁梧站立、戴着农夫帽、披着羊皮的野狼，在森林里挡住她的去路。对维多利亚时代的读者来说，这是愚蠢的小女孩和象征恶魔的野狼进行心灵之战，这场仗凸显她的脆弱，及需要完全听从父亲或丈夫的训诲。故事的背景显示，女主角后面有两个樵夫在观看，显示这个女孩需要保护，且预告她最后将从这苦难中获救。

一百多年后，是新的性观念兴起的时代，漫画家埃弗里笔下的同一场戏，已由恐怖转变为幽默。他的动画片（参见本书第五章的插图）其中一景发生在落日脱衣舞夜总会，俊俏的小红帽在表演歌舞中场时间，到野狼那一桌陪酒。这个恶棍不再是威胁，可以说一点威胁也没有；相对地，他是一个西装笔挺的寻芳酒客，小红帽芳心大动地坐在他身旁，野狼的性格显然有所改变，它的身体略倾向小红帽，一副巴不得一亲芳泽的样子，所以现在它拥有像人类的鼻子和嘴唇。对20世纪中期的读者来说，这个世界大战期间流传的动画片，使人暂时忘记现实生活的紧张，莞尔一笑。瓦特·克伦笔下的严正道德观被轻松快活的逃避现实心理所取代，埃弗里漫画中毫无伤人恶意的野狼与性感、天真的女主角正好是一对。童话故事一直维持它潜藏但认得出来的结构，但是这一幕已变成嘲讽美国男人的求爱仪式。对照之下，《高速公路》将第四项功能改成在狼弗顿的汽车上，当他与瓦妮莎放慢车速，将汽车开到州界附近时，这一幕再度点燃惧怕之情——这次是他害怕。女主角的篮子已改成枪支，她气定神闲地用枪顶着他的头部。这样的景象与瓦特·克伦所想象的相去甚远。现在掠食者和猎物角色互换，童话故事跳脱原来的窠臼，敦促观众做伤脑筋的道德抉择。在电影的剧情下，观众被引导去搜索瓦妮莎射杀狼弗顿的根源——基本上，这是在为准凶手压制真凶手喝彩。

该片每一幕戏都是在模拟童话故事的情节，每一幕都是相同的角色人物以新的包装出现。乍看之下，这部电影中的三个主角令人感到有些熟悉，因为我们不只从《小红帽》认识这些角色，且遍查各种类型的童话，发现都是这些主角相遇，甚至童话故事之外的领域也如此。同时，这些角色也传递出令人惊讶的新成分，因为剧情中隐藏着旧故事，只是它被彻底地改写了。在不同社会背景之下，它们注入新主题和戏剧性很强的新意义，每一个

在《高速公路》一片中，女主角用枪抵住攻击她的人——狼弗顿

新加入的解释都更进一步表达该片与童话细微的差异之处，同时也在表达故事过去的背景。

与童话传统角色一较长短

虽然《高速公路》的编剧兼导演马修·布莱特宣称，当他编写这部戏时，丝毫不知道童话故事的相关分析，但无可否认，《高速公路》一片却是运用极老练的手法暴露、探索童话故事的根本，尤其展现了与童话故事传统人物角色一较长短的企图。从结构的观点来看，童话常单独地按某几个特定的角色来定义，这些角色被“设定”成必须实现故事的功能，即便是故事人物换了场景，或与读者（观众）的期待背道而驰，在故事或现实生活中皆然。就此而言，他们同时是我们主观认定的那种形象，也是我们认定非他们形象的那种人。

例如，瓦妮莎的男朋友伍德，不只在名字上等于是格林兄弟笔下的樵夫，且其他各方面也是樵夫的化身。身为市中心黑人帮派分子，伍德给人主要的联想并不是男主角、拯救者，而是反男主角的。他代表贫穷、叛逆、不信任人的年轻人，小报所描述的恶棍几乎都是这类型的人。同时，他在童话故事中的功能已经改变，他不是拯救者，而是帮助者或捐赠者，即提供方法协助女主角成功。在童话故事中，捐赠者是大家耳熟能详的角色，捐赠者可能是男的，也可能是女的，例如《灰姑娘》里的神仙教母送给灰姑娘一件礼服、一辆马车和玻璃鞋，让她得以参加宫廷的舞会，玻璃鞋使她虏获王子的心。史诗电影《星球大战》中，也含有许多波洛普所谓的基本要素，剧中欧比王肯诺比立遗嘱，将一把光剑武器传给天行者路克。捐赠者提供主角神奇的援助，一旦功能达成，他或她很可能就牺牲生命了。在《高速公路》中，伍德将枪支送给瓦妮莎，不啻是提供她脱离狼弗顿魔爪的自救利器，但是他却因此丧命。

就像伍德在此剧中扮演不同于传统童话的新角色，挑战了主流文化对此一角色的了解，狼弗顿的角色也出乎众人所料。他是一个受过高等教育的中产阶级心理医生，具有社会影响力且生活富裕。如果这部电影遵从主流文化的假设，那么狼弗顿必然是一个英雄。他实现了众人期望的美国梦，拥有郊区豪宅和美貌的妻子，简单地说，他似乎代表现代的白马王子。然而在这部电影中，他却是可怕的连续奸杀犯。颇乎众望的心理学家班特海姆曾表示，童话是帮助儿童探索内在惧怕感和欲望禁忌的安全工具，而心理医生本身则被视为值得信任、可以交托心事的对象。《高速公路》给现代心理学一个当头棒喝，将心理医生描绘为恶棍。还有什么形象比虚有其表的心理医生更能适度地定义英国插画家瓦特·克伦笔下穿着羊皮衣的野狼？狼弗顿在《高速公路》一片中的角色，自然而然推翻了许多文化假设和童话故事的传统。狼弗顿喜爱强奸少女遗体的怪癖，不啻是极讽刺地模仿昔日白马王子的恋尸癖：白雪公主和睡美人里的王子皆是如此。

最重要的是，《高速公路》的女主角挑战主流文化的童话故事。与格林兄弟笔下的女主角不一样，瓦妮莎不是亟须拯救的被动受害者，而是自己的拯救者。她扮演波洛普所谓“寻找者”的角色，即自力更生的主角。她会动粗、罔顾法律、拒绝上流社会或受过高等教育者的恐吓，具有相当反社会的性格，但最后这却是促使她采取行动自救的动力。《高速公路》片中不断比对理想和现实，且颠倒传统的道德观。瓦妮莎虽然不识字、出身寒微，但这部电影的道德观最后却是由她定下标准的。该片结局不是引导观众埋怨女主角，像瓦妮莎这样的女孩过去一直被认为是愚蠢、淫荡或叛逆的。相反，该片将箭头指向社会及社会所传播的错误童话信息，这部电影所寓言的暴力行为指的是社会制度——瓦妮莎面对的社会制度也是我们每一个人必须面对的，亦即将女孩和女人边缘化、不信任穷人、劝导一劳永逸的幸福法则，同时却制造、宽恕社会不公义之事，导致现实生活的悲剧。

波洛普的观点有助于解释童话故事核心的矛盾，包括为什么童话会永存不朽、流传全世界，且符合每一个时代的现实。童话故事确定是具有功能的，但其主题却有无数的变异，各种变异版本都是用社会和文化模式的万花筒来看的。因此，像《小红帽》这样的故事，几个世纪以来每次传讲时，不但保留且挑战其“传统”意义，童话所含的密码也像文化的DNA一样代代相传下去。

后　记

连帽披肩下的可能性

三合一小红帽娃娃，亦即合并小红帽、
外婆和野狼三个造型于一体的布偶

小时候，我经常玩合并《小红帽》所有人物造型于一身的娃娃。从某个角度看，它是丰满、穿方格花纹裙子、戴红色帽子、脸上有雀斑、绑着辫子的小红帽。将它前后上下倒过来，却变成穿着外婆衣服的大恶狼，毛茸茸的头上还戴着外婆的无边软帽，一幅已经把外婆吞进肚里的模样。而外婆却不在野狼肚子里，而是在它的背后，将无边软帽翻过来盖住野狼的鼻子，然后向后转，则变成戴着眼镜、后脑结个发髻、微笑的外婆。

小红帽、外婆、野狼是一体多面的

小时候，这个娃娃已使我明了童话故事的主旨，现在我认为这主旨正是童话故事的核心，即小红帽、外婆和野狼是一体多面的角色。你不可能同时和这三种角色玩，也不可能让野狼吃掉外婆，不可能让小红帽和野狼睡在一起，至少不可能像剧情所说的那样肩并肩地共眠。简单地说，你不可能将这三个角色的躯体完全分开。就像超人克拉克·肯特或具有双重人格的人一样，他们是同一个躯体的多重面貌。

童话故事最大的力量可能就是：让人看见人类有各种可能性。它描绘的一些人性原型，乍看之下似乎都非常极端，每个原型都借其反面来定义，例如野狼非常邪恶，是因为小红帽乃天真善良的化身。她代表女性，野狼代表男性，至少从性别的观点来考量时，大家是这么认为。她是人类，代表文明世界，而野狼则代表野蛮世界。她年轻，外婆老迈。森林代表未知的世界，那里有（外婆的）家，代表社会和家庭的安全。所有场景都有其象征意义，或看来如此。

法国知名人类学家列维-斯特劳斯（Claude Lévi-Strauss）谈及人类如何看世界和自己时，提出二元相对论。他主张，世上所有故事的各种情节都可以简单归纳为正反两个极端的类别，任何剧情的意义都涵盖在这个结构里面。然而人类的本性是诡谲多变的，根本无法做出绝对的分类。至于自我形象及会随时间改变的性格，事实上正如童话故事所示，这些都是人类的本性。性格特质和思想也许能定义出正反相对，但其中没有任何一个真的完全不含相反的那个特质。

区分男女没有那么简单

以看似简单的男女区分法来说，本书从头到尾一直以童话故事的眼光，探索这个属于知觉的问题。弗洛伊德最先指出，当你遇见一个人时，你会先区分对方到底是男是女，而且分得理所当然、毫不犹豫。问题却没有那么简单。这个两难困境不只是因为后现代社会对不同性别的言行、穿着等观念而不同于昔；也就是说，男性化的阳刚和女性化的柔弱，都是社会定义的分类法，因此喜欢作女装打扮的乔治男孩、鲁保罗可能被视为性别变色龙，而且这种两难困境牵涉更根本的问题，例如以解剖学的观点来区分男女——大部分的人都认为这观点多多少少比较客观、确定，然而阴阳人又怎么说呢？

解剖学如何定义男女？学者和记者指出，多年来国际奥林匹克委员会一直很难回答这个似乎是世上最简单的问题。奥林匹克运动会初期，性别并不是问题，因为只有男人竞争，且裸体参赛。到20世纪初，奥委会开始独立出女子组赛事。但是，似乎有些男人耍诈。1936年，有一个名叫拉特延（Hermann Ratjen）的德国选手绑紧阴茎，改名“多拉”（Dora），参加女子跳高比赛，赢得第四名。后来奥委会开始检查阴茎，选手称这是“偷窥式搜查”。但是有些案例似乎令人困惑，据《阴阳人和医学创造的性别》（*Hermaphrodites and the Medical Invention of Sex*，1998）一书作者德雷格（Alice Domurat Dreger）指出，“有些选手与一般的性别假设不太一样”，他们同时具有解剖学上“标准”的男性和女性器官。因此，当1968年检验技术更发达时，奥委会官员开始检测选手的性染色体，XX染色体即为女性，XY即为男性。当然，这看起来似乎能一劳永逸地解决区别男女的问题，其实却不然。有些“男性荷尔蒙并不活跃”的人可能拥有XY染色体，却不能对睾丸激素产生反应。因此，尽管在基因上测定是男性，但他们却有着女性的外表，而且也一直被当成女性来对待，他们没有卵巢或子宫，以西方的标准来看，经常被称为美女——身材高挑、苗条、体毛少。

阴阳人违反一般人区分男女的绝对标准，且让人看见肉体受制于意志。意志摇摆，肉体的形象也跟着摇摆。阴阳人是例证，证明人类区分男女的方法并不周全，男女间的特质有可透性，区分男女的观念其实可以撤销。一个人到底是男是女，似乎是毫无疑问的事，第一眼判断别人时，或对自我形象最具引导性的假设，根本就是观点的问题。男女不是彼此隔绝、互为绝对的观念，而是互相缠绕、彼此相关、不断变化的观念。就像童话故事一样，人的身体是文化的蓝本，不断被修改。没有任何一个故事会延续很久，因为每个人都不断在开创新的自我。

我孩提时代所玩的三合一娃娃，显示《小红帽》在童话国度和读者更大生活范围中的势力不小。就像三棱镜反映光、释出彩虹般的光谱一样，《小红帽》也透析出各种不同的人性。现实世界和童话故事里的真理是一样的，每个人都是世事的一部分，是各种可能性相互交错且互有关联的光谱。经年累月，通过作者刻意或直觉，《小红帽》探索了道德、性行为和性别等不断变异的尺度。女孩可能拿小红帽披肩换取狼皮大衣；野狼可能坚持穿着有褶边的人类衣服且怀孕；外婆可能从床上跳起来，拿起她的左轮连发手枪，或与野狼搏斗，将它摔在地上。援救者可能反而是无助的，甚至鹅妈妈有时也会变成狼似的——当她在为儿童讲故事时模仿大野狼，不就是眼露凶光、龇牙咧嘴、面目狰狞？童话故事就像海潮一般涌过我们身旁，我们却都只凭直觉去了解野狼、外婆、樵夫和小红帽的含义。